走读大地

朱铁臻 著

Meizhou
Chengshi Fengyun

美洲城市风韵

山西出版传媒集团 北岳文艺出版社
BEIYUE LITERATURE & ART PUBLISHING HOUSE

·太原·

图书在版编目（CIP）数据

美洲城市风韵 / 朱铁臻著 . —太原：北岳文艺出版社，2018.12
ISBN 978-7-5378-5672-0

Ⅰ．①美… Ⅱ．①朱… Ⅲ．①散文集－中国－当代
Ⅳ．① I267

中国版本图书馆 CIP 数据核字（2018）第 201480 号

书　　名：美洲城市风韵
著　　者：朱铁臻
责任编辑：席香妮
书籍设计：张永文
印装监制：巩　璠

————

出版发行：山西出版传媒集团·北岳文艺出版社
地　　址：山西省太原市并州南路 57 号
邮　　编：030012
电　　话：0351-5628696（发行部）
　　　　　0351-5628688（总编室）
传　　真：0351-5628680
网　　址：http://www.bywy.com
邮　　箱：bywycbs @ 163.com
经 销 商：新华书店
印刷装订：山西人民印刷有限责任公司

————

开　　本：890mm×1240mm　　1/32
字　　数：185 千字
印　　张：9.375
版　　次：2018 年 12 月第 1 版
印　　次：2018 年 12 月山西第 1 次印刷
书　　号：ISBN 978-7-5378-5672-0
定　　价：36.00 元

　　朱铁臻　1933年1月出生，江苏省南京市人（祖籍镇江）。中国社会科学院经济研究所研究员，东北财经大学、苏州大学兼职教授，中国城市发展研究会名誉副理事长，1992年获国务院颁发的政府特殊津贴。

　　主要学术代表作有：《城市发展研究》《城市现代化研究》《城市魅力研究》《城市发展学》《城市纵横》以及反映欧洲城市发展状况的《欧城记忆》。主编并部分撰写著作有：《中国城市手册》《城市生态经济知识全书》《城市发展战略和经营》《中国城市百科全书》（与程安东共同主编）等10余部。

自序

美洲是有着传奇色彩、多样文化和多民族的地域。美洲文明历史悠久，又融合着欧、亚、非洲的特色。传说中的美洲，内容丰富多彩，故事层出不穷。

二十世纪八九十年代，我有幸多次到美洲，访问过美国、墨西哥、秘鲁等国的二十多座大、中、小城市和著名的哈佛大学、麻省理工学院、美国公共管理研究所，出席了国际城市管理协会年会。

在这些活动中，我会见了不同国家的城市领导、专家学者和新、老朋友；听取了他们介绍的地域情况和对城市方面独到的见解；观察了解到美洲不同国家、地区和城市的历史文化、风情地貌、建筑、管理特色，搜集了一些人文资料。长时间我一直没有整理，一拖就拖延下来。最近，在我的好友的催促下，我才下决心对这第一手资料进行梳理。这唤起了我对许多往事的回忆，引发了我对散文的热情。我又拿起笔来，写成一篇篇散文，汇集起来，供有兴趣的读者作为了解美洲城市的参考，也可作为茶余饭后的一种阅读消遣。

散文，是文学的一种体裁，是作者对自然、人文、社会的真实反映和感受。古今中外许多优秀的散文，吸引着广大读者。我年轻时就喜欢读散文，后来慢慢学着写散文，我把读散文、写散文作为一种愉悦和享受。

我很喜欢读诗人、散文家、外国文学研究专家冯至主编的《世界散文精华》，在谈到散文的产生和发展时，他认为："在西方，散文一词的根源被解释为不受任何约束的朴素的谈话。在中国，也不外乎是要把说的话用文字记录下来。不过随着人类的进化，谈话要更好地产生效果，使人受影响，所以要求把话说得更为动听，于是产生了修辞学。"同时，他说："在中国，有'言之无文，行而不远'那样的名言，也有'修辞立其诚'的古训。"著名学者、散文家季羡林则认为："不管是抒情还是叙事，散文的真精神在于真实。抒情要真挚动人而又不弄虚；叙事不容虚构而又要有文采，有神韵。"我想我写的这些散文，只能是达到两位先生的基本要求，一是把要说的话用文字记录下来，二是真实，至于文采和神韵，那就谈不上了。但对我来说，则是回忆往事，信手写一些不受拘束的文字，我深感这种回忆是很有意思的，是一种乐趣，也是一种知识的传播，我愿意把这种乐趣和传播奉献给我的朋友。

最后，我要感谢杨振文同志，在百忙中，为这本散文集做了许多技术性的工作。北岳文艺出版社续小强社长、资深编审席香妮同志为本书付出了诸多辛劳，特向他们致以诚挚的谢意！

目录 __ contents

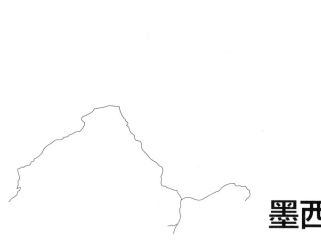

墨西哥

第一次踏上美洲神秘富饶的土地

遥远的美洲，是块古老而又现代的地方。早年我就听说过许多有关印第安人和玛雅人的故事，那绿色森林的文化给我留下深刻的印象，我迷恋着那块神秘而又富饶的土地。

一

二十世纪八十年代末期，我有幸应邀参加中国城市代表团，访问中美洲的墨西哥。一九八八年八月十日我们一行七人，团长是南昌市长程安东，团员有江苏淮阴市女市长徐燕，黑龙江绥芬河市市长纪庆福以及几位城市专家。清晨，我们乘飞机离开北京，先到日本，在羽田机场转乘美国西北航空公司的飞机，飞向美洲第一站目的地——墨西哥城。经过十多个小时的飞行，跨越辽阔的太平洋，蓝色的海，蓝色的天，海天一色。天色渐暮，天空与陆地越来越近，机上广播："墨西哥城快到了。"我向舷窗外眺望，突然发现远处光芒闪烁，不一会儿，密密麻麻的一大片灯光，仿佛大地铺上金灿灿的织锦地毯。坐在我旁边的一位旅客激动地叫起来："快看多美的墨西哥城夜景！"

墨西哥城是一座美丽的历史文化古城，建于一三二五年，原名"特诺奇蒂特兰"城，城名在印第安语中的意思是"石头上的仙人掌"。相传在很久以前，阿兹特克人根据太阳神鸟的启示，去寻找一个"一只老鹰叼着一条蛇站在仙人掌上"的地方，在那里定居，他们的部落就一定会兴旺起来。经过长时间的寻找，他们终于在墨西哥谷地的特斯科科湖畔，看到湖心有个小岛，岛上花香草茂，并发现红、蓝两河交汇处耸立着一块巨石，上面有一棵巨大的仙人掌，一只健壮的鹰正站在仙人掌上啄食一条长蛇。于是，整个部落欢腾起来，认为找到了神鸟昭示的地方，就决定在这里定居。建起了特诺奇蒂特兰城，曾为阿兹特克帝国首都。一五一九年，西班牙人入侵，一五二一年特诺奇蒂特兰城被西班牙人所毁。后来西班牙殖民者在废墟上建起了墨西哥城，又修建了许多欧洲式的宫殿、教堂、修道院等建筑。一八一〇年，墨西哥人民先后在米格尔·伊达尔戈和莫雷洛斯的领导下，发动推翻西班牙殖民统治的大规模起义，一八二一年八月二十四日宣布独立。翌年五月伊图尔维德建立"墨西哥帝国"。一八二三年十二月二日宣布成立墨西哥共和国。一八二四年十月正式成立联邦共和国。一九一七颁布资产阶级民主宪法，宣布国名为墨西哥合众国。时至今日，墨西哥合众国绿、白、红三色国旗的正中，镶嵌的仍是一幅雄鹰叼着一条蛇立在仙人掌上的图案。墨西哥城东面是大片的冲积平原，东南面是海拔五千四百五十二米的波波卡特佩特高山，终年白雪皑皑。四周青山环绕，因地势较高，冬无严寒，夏无酷暑，气候温和，四季如春。

当地时间二十一点三十分，飞机徐徐降落，我们终于踏上了美洲的土地。刚出机门，墨西哥外交部和墨西哥城政府派的官员就前来迎接我们，直接把我们引进机场的贵宾室。我们刚坐下，一大群记者就围过来，又是照相，又是采访。团长程安东一一回答了记者们提出的问题。他们最关心的是墨西哥与中国如何进一步加强经济合作的问题。

接待和协调我们活动的政府官员叫卡洛斯，是一位热情的中年人，也是位快乐的单身汉，中等个，皮肤有点泛红，我猜

墨西哥城的园林饭店

有点印第安人的血统。他让我们先休息一下，喝一杯墨西哥的饮料。当我们走出机场，接我们的车子已停在门口。经过四十多分钟的车程进入市区，街道两旁行人不多，但灯火辉煌，五光十色，车辆络绎不绝。我们住进一座富有特色的园林饭店，我和杨逢春先生同住一个房间。室内宽敞，有两张大床，一套沙发，一个写字台和两个行李架。这个房间宿费每晚五十美金。我们住在四层，面对大街，窗口可以看到高低错落的楼宇，这时已快进入午夜，灯光也渐渐地稀疏了。

二

早晨，我在饭店里的小花园转了一圈。八点多，墨西哥城发展部的官员胡格博士和两位年轻人陪我们吃早餐，胡格博士兴致勃勃地谈到墨西哥城的发展情况。他说，这些年墨西哥城的变化很大，尽管一九八五年九月十九日发生大地震，受到一定的影响，但是城市建设面貌日新月异。饭后，他陪我们乘车观赏市容。车子驰向改革大街，这是墨西哥城东西走向的一条很长的繁华大街，是一九二〇年后逐渐修建扩展起来的，分西、中、东三段。西段是政界、工商界、文艺界的重要人物的住宅区和一些宾馆，环境优美，空气清新。中段贯穿市中心，是大街最先建造的部分。一八六五年，国王马克西米利亚诺不满足于生活在宽敞华丽的国民宫内，于是下令在国民宫和城堡之间修筑一条直接的通道，当时称皇后大道。后来更名为改革大街，以纪念十九世纪中叶华雷斯总统领导的打击封建和教会反动保守势力的改革运动。改革大街两侧高楼林立，绿荫遮道，银行、商店、宾馆、餐厅、影院鳞次栉比。大街设计科学，布局合理、雅致。大街中心是标志醒目的六条快车道，快车道两旁是慢车道，慢车道外侧是人行道。人行道和慢车道之间，是葱郁的树木、艳丽的花草、精巧的街心公园。在大街的交叉路口，建有大面积的花坛，花坛中央是富有意义的纪念碑或雕塑。

车子开到一个十字路交叉口，向北看到耸立着一座高大的纪念碑，据胡格博士介绍这就是独立纪念碑，它是为纪念墨西哥独立战争爆发一百周年而建的，它是墨西哥人独立精神的象征，反映了墨西哥城人民为争取独立而进行的艰苦卓绝的斗争

墨西哥城的宪法广场

历史。那是在一八一〇年九月十六日清晨，墨西哥独立之父伊达尔戈神甫在多洛雷斯镇敲响了教堂大钟，把四周印第安人召集起来，正式开始了墨西哥摆脱西班牙殖民统治的独立战争，终于取得了胜利，后将这一天定为独立日。从一八二五年起，首都墨西哥城各界群众每年都要在九月十五日夜间，聚集在宪法广场，举行庄严的"敲钟仪式"，开始进行一年一度的庆祝活动。

独立纪念碑的建设工程十分浩大，从一九〇二年起，历时六年之久才建成。纪念碑气势轩昂，宏伟壮观，与笔直的林荫大街和现代化建筑浑然一体。纪念碑共四层，最高层是胜利和光荣的象征——安置着高达六点七米，重七吨的安琪儿自由女神巨大青铜铸像，凌空欲飞，在太阳照耀下闪闪发光，成为墨西哥城的重要标志。

在大街的另一个十字路口，我们又看到一座十五米高的四方钟楼，墨西哥人称它为"中国钟"。据说，中国钟始建于一九一〇年，整个楼身由巨石堆砌和混凝土浇灌而成，四根立柱支撑着黑瓦覆盖的拱形结构的楼顶，穹影下，悬着一只古老的东方式的铜钟。钟楼四面各嵌着一个装饰华丽的大钟，镶着翡翠的指针，洁白无瑕的表盘，衬托着黑色的标准阿拉伯数字。钟楼座基的上面各嵌着一块由乳白色的大理石雕成的徽章形碑。正南的碑上刻着一行竖排小楷汉字："中国在墨西哥侨民为纪念墨西哥独立一百周年建赠"。碑面中央镌刻着"同声相应"四个中国篆体大字。另外三面均用西班牙文书写着相同的内容，

墨西哥城的总统府

墨西哥是通行西班牙文。

上午十点，我们来到了市中心的索卡洛广场，又称宪法广场。周围耸立着国民宫、市政府大厦、博物馆以及一五六三年在阿兹特克庙宇废墟上建立起来的拉美最大的教堂。走进市政府大厦，我们见到了分管城市建设的副市长和城市发展部主任等几位官员，大家谈得比较多的是城市环境问题。墨西哥城原来是一个依山傍水、气候宜人的花园城市，自二十世纪五十年代以后，工业发展较快，特别是冶金、钢铁、电力、化学、炼油、水泥、橡胶、制革等产业不断增长，在城的西北部形成两大工业区，这对城市的环境影响很大，政府现在正在想办法改善。副市长告诉我们墨西哥城制定了一条法律，为了防止污染，规定城区内的工厂数量只能减少，不能增加。虽然工厂数、工人数在减少，产值却在不断上升，但是仍然感到环境污染是个大问题。

下午两点多，市政府官员陪同我们在桑达饭店吃了午饭。喝的是仙人掌做的酒，还配上仙人掌做的小菜。墨西哥盛产玉米，主食是玉米做的薄饼，做得很精细，玉米饼可以包菜，有点像北京烤鸭的吃法。墨西哥人很喜欢吃辣椒，包玉米饼也可以包上辣椒。饭后乘地铁去参观一项排水工程，我们还被引领到驾驶室，一位年轻的驾驶员向我们挥手致意，地铁里的乘客也很有礼貌，向我们打招呼："欢迎中国朋友！"

墨西哥城郊的太阳金字塔

三

墨西哥举世闻名的太阳金字塔和月亮金字塔，位于城外西北部。车行约四十公里，就是一片灌木丛生的谷地，我们来到充满神秘、传奇色彩的千年古城特奥蒂华坎遗址，远远就看到高高的太阳金字塔和月亮金字塔。据考证，这是古代印第安托尔蒂克人的宗教和经济中心。特奥蒂华坎的原意是"诸神之都"，有许多美丽的传说，最著名的是太阳神的传说。在墨西哥人的心目中，特奥蒂华坎就是太阳神的诞生地，太阳神的崇拜中心。它在鼎盛时期城区占地二十平方公里，人口多达二十万，是当时世界上少有的大城市之一，城内有两条大街，主要建筑物都分布在大街两旁，其中一条叫"逝者大道"，长数公里，宽四十米。

太阳金字塔初建于公元五〇——二百年，它的形态雄伟壮观，呈正方形的塔基长二百二十五米，宽二百二十二米，高六十三点五米，总体积约一百多万立方米，共五层三百六十五级台阶直达塔顶。向上收缩变小，塔顶上原有一座太阳庙，金碧辉煌，庙中还供奉着太阳神的巨像，每年在此祭祀太阳神、雨神、战神。现在庙不见了，塔形也不见了，成了一块平台，可容纳上百人。

太阳金字塔和月亮金字塔，均系印第安人所造，两个金字塔之间相距一公里，中间一条大道相通。我们先到太阳金字塔，

太阳金字塔平台

阶梯比较狭窄而高陡，中间有五个平台，可供游人休息。我和程安东先生几乎是一鼓作气登上了塔顶。站在塔顶正中央圆圆的光滑石板上，向四周眺望，微风习习，远处起伏的群山，青翠碧绿，正面是一条笔直宽广的大道，道路两旁十分空旷，没有什么树，而像树一样高大的仙人掌却比比皆是。

墨西哥有仙人掌王国的誉称。这里的仙人掌不像我国的盆栽仙人掌那样小巧玲珑，而是满山遍野地生长，巨大的仙人掌长得像树一样，有的高达十多米，重达好几吨。它不仅有观赏价值，而且有重要的经济价值和广泛的用途。早期的土著印第安部落就用仙人掌做食物，现今的墨西哥人仍喜欢用仙人掌叶片做蔬菜，制作饮料。仙人掌果更是甜美的鲜果，清香可口，并有药用价值。同行的淮阴女市长徐燕因上火嘴角起泡，吃了两个仙人掌果，几个小时后泡就消了。可见仙人掌的用途真是十分广泛。

从太阳金字塔顶端，我们慢慢地下来，踏上"逝者大道"，向月亮金字塔缓步走去。"逝者大道"，有一种说法，古代把牺牲者通过这条街道送到金字塔前，宰杀祭天，而且是专门挑选最美丽最健壮的年轻男女来做牺牲的。另一种说法，是说这里原是诸神汇集，创造日月的地方。月亮金字塔在建筑风格上与太阳金字塔基本相同，就是规模显得小些，长一百五十米，宽一百二十米，高四十六米，体积约三十八万立方米，五层是祭祀月亮的地方，它比太阳金字塔晚建二百年。而月亮金字塔的石阶每一级与另一级的距离特别大，要像练武术一样地把腿抬得高高的才能攀登上去，令人望而却步。加之，时近黄昏，远远的天际已呈现一片玫瑰色的彩霞，大家商定不登月亮金字塔，我们围绕它转了一圈。小贩一直跟着我们，兜售小商品。墨西哥盛产白银，素称"白银之国"。小贩手上套着一串银镯，银光灿灿，还有的小贩捧着五颜六色的火山石叫卖，你不买就一直跟着你。我买了一串黑火山石做的项链，还买了一块鹅蛋形的鲜红的火山石，外表十分光滑明亮，石质坚硬，有点像玉石一样，总算把小贩给打发了。

在月亮金字塔对面有一个宽阔的广场，可以容纳上万人，可以想象当年祭祀活动的规模和气势。在"逝者大道"的另一端，还有个长方形的城堡遗址，它的后面是另一个著名的克察尔奈特神庙。它的建筑时间较晚，在规模上不及太阳金字塔和月亮金字塔，但造型精巧，砌合严密。由于时间关系，我们没去细看，而两座金字塔已使我们感受到墨西哥城的古老、神秘。

四

墨西哥城是世界著名的"壁画之都"。我们在这个城市中，几乎到处都可以看到色彩绚丽、形象多样的壁画。其中国民宫、

墨西哥城的哥伦布塑像

公共教育部、革命历史博物馆、美术宫和国立自治大学等地方的壁画尤为著名。这些壁画多以墨西哥人民爱国主义和革命斗争历史为题材，通过形象艺术的手法，再现了墨西哥人民为独立自由而斗争的历史，给人以启迪和鼓舞。在国立自治大学十几层高的主楼上，四周都有一幅幅光彩夺目的大型壁画，壁画用彩色的石子镶嵌而成，整幅画面竟达四点三万平方米之巨。其中有一幅绘的是站立在仙人掌上的老鹰叼蛇的场面，这是墨西哥的象征。在国民宫二楼的画廊、美术宫和其他一些建筑物上，都绘制着墨西哥当代壁画"三杰"里维拉、奥罗斯科、西盖伊罗的名作，每天都吸引着成千上万的人在那里欣赏。

我们很有兴趣地走进一条街，这里荟萃在一起的有风格完全不同的三个时代的建筑，被称为"三种文化"广场。它包括三组建筑物：古代印第安阿兹特克人大祭坛，殖民时期的圣地亚哥修道院、特拉特洛尔科大教堂和以外交部大楼为主体的现代化高层建筑。它们代表着墨西哥三个不同时代的建筑特色，是一座露天的博物馆。

"三种文化"广场所在地区称为特拉特洛尔科区，是墨西哥谷地最早的居民点。大约在公元十世纪，来自北部的奇奇梅卡人在这个地区定居下来，它一度十分强盛，东征西讨，征服许多地区。但到了一四七三年，被南部的阿兹特克人所征服，并在墨西哥谷地修建了"三种文化"特拉特洛尔科广场。昔日这个广场曾是阿兹特克人的重要市场，店铺林立，庙宇众多。大祭坛原有规模蔚为壮观，但经过几个世纪的沧桑巨变，现在的遗址仅有自西向东排列的七个巨大平台，均由十几级褐色石块堆砌而成。我们走到东头那个平台，则有二十六级台阶，四周分布着暗褐色小石台，祭台的高度因天长日久，风雨侵蚀，不断降低。

与前两种建筑风格截然不同的是外交部大楼，它是一座现代化大楼，主楼二十多层，呈乳白色，整体建筑色调和谐、气派，充满现代化气息。这座建筑由办公楼和会议楼两个部分组成，淡褐色的密封玻璃既挡住了强烈的太阳光，利于工作，又不使街上行人看见楼内的活动。会议楼是一栋凹形的两层高的楼房，四壁金属框内镶嵌大扇玻璃，在向外伸出三米的屋檐下，挺立着二十多根浅灰色的柱子，显得庄严威武。大楼第二层是宴会厅，总统招待来访国家元首的国宴都在这里举行。办公楼的东侧有一个长方形的大喷泉，在节日或举行重大活动时，数十根高过十米的水柱就跳跃喷射，在阳光照耀下熠熠生辉。这座大楼是第三种文化的代表，也是墨西哥的现代象征。

"三种文化"广场展现了墨西哥城多年来的历史和文化，当我们立于广场大祭坛的中心，透过大教堂的塔尖，凝视外交部大楼的背影时，我们不仅感受到这古今融合的丰富的拉丁文化；在绿荫丛丛的优美环境中，我们更感到这座城市的文化遗产得到了很好的保护。

离开"三种文化"广场，我们又乘车前往墨西哥城东北部的瓜达卢佩圣地。这里有两座教堂，一座是一七〇六年建的瓜达卢佩旧教堂，与其相毗邻的是一九七六年竣工的一幢现代化新教堂。它比旧教堂大十倍，建筑面积为两万平方米，可容纳两万人。远远望去像一把撑开的蓝色巨伞。"伞面"用漂亮的方形巨柱支撑，底下的外围是能停一千多辆汽车的停车场。

我们走进新教堂，看到教堂大厅有一根高大的柱子，从各个角度都能清楚地看到大理石砌成的大祭台，大厅中央悬挂着一百六十盏六角形大吊灯。祭台当中挂着珍贵的瓜达卢佩圣母像和圣母像上立着的那顶王冠。瓜达卢佩圣母是墨西哥人民的地方保护神，具有与印第安人和梅斯蒂索人相似的褐色皮肤。每年十二月十二日规定为瓜达卢佩圣母节。为了表达人民对圣母的崇拜，特地将一幅圣母的原始画像悬挂在祭台正中的墙壁上。画像有两米长，一点一米宽，用金边、银边、铜边三层镜框镶嵌，画像上面挂着十五公斤重的金银珠宝王冠。自从瓜达卢佩圣母教堂正式开放以来，全国各地到此朝拜的人络绎不绝，尤其星期天，教堂四周挤满了人，热闹非凡。

五

在墨西哥城，我们不但看到了美洲的古老和现代文化，而且看到大城市的发展面貌和遇到的问题。离开这座城市之前，市政府官员还陪同我们去参观城外的垃圾处理场。它距墨西哥城有几十公里，汽车走了约一个小时，来到一座山谷，它是城里垃圾的填埋地，每天有一千多辆车向这里运送垃圾。

我们看到一串串的垃圾车向山谷开去，进到山谷的路口，每辆车都停下来，先称垃圾的重量，然后，倒入垃圾分类场。这里有许多靠垃圾分类收入的居民，在烈日的照射下，他们辛苦地将垃圾分类，汗珠不停地滴在垃圾上，分拣好的能回收的垃圾放在一边，其余用铲车推向山谷，一层一层地堆埋。每一层都用防污渗透的塑料膜包起来，上面加土覆盖。就这样日复一日，山谷的每一条沟逐渐填平，再在上面种上草和树。我们看到大片大片的森林，简直就像公园一样，原来下面都是掩埋的垃圾。这个山谷养活了数千名"垃圾居民"，都是一些穷苦百姓，政府在此修了房屋，廉价卖给这些居民。还建设了生活设施，让居民有个安定的活动场所。住在这里的居民，还成立了"垃圾居民协会"，选出了自己的"垃圾王"。政府把掩埋处理垃圾、改造环境和解决社会问题结合起来，这种做法给我们很大启发。

六

在墨西哥城我们没有机会去尤卡坦，那是玛雅人居住的地方，现在的玛雅人，多是印欧混血人种，原始的玛雅人可说已经找不到了。在墨西哥城，我们听到许多关于玛雅人的传说。大约在公元五世纪和六世纪，居住在尤卡坦的印第安人中的一支部族——玛雅族，逐渐征服了尤卡坦，并在现在的英属伯利兹和危地马拉的其他部族居住的这一带地区，建立起玛雅帝国，建造了大小数百座城市。其中最大的城邦为蒂卡尔（位于今危地马拉境内）、帕伦克（墨西哥东南部）、科潘（位于今伯利兹）。而尤卡坦成了当时玛雅文化的摇篮。古老的玛雅都城，是现在的尤卡坦首府梅里达。墨西哥"国旗纪念碑"耸立在该市区中心，上面雕刻着玛雅人的塑像。

玛雅人的古文明处于石器时代，尚没有青铜器和铁器，不会使用轮车，也没有牛马等载重畜类。他们完全依靠人力，建筑了巍峨的金字塔、华丽的神庙、功能齐全的城市，显示出高超的智慧、组织能力和建筑工艺水平。在那个时候，玛雅人已经知道播种玉米，创建了一年三百六十五日的历法，并在历法上使用了"0"的数字符号，还使用五进位和二十进位制的计算法，可以计算到二百三十亿个单位以上，拥有相当发达的数学思维和令人惊叹的天文知识，他们能预报日食和月食的时间，知道金星的运行规律。玛雅人还发明了八百多个符号和三万个象形文字词汇。玛雅人的绝大部分象形文字手抄古籍当年已被殖民者下令烧毁，只剩下三本古抄本以及玛雅石碑上的铭文。那三本古抄本现分别保存于德国、西班牙、法国的国家图书馆。

公元十世纪前后，玛雅古代一百多个城市突然同时走向衰落，最后变为死城，废弃在茫茫热带丛林之中。玛雅人从何而来？是早就定居在尤卡坦的土著人，还是从非洲和南太平洋岛屿上迁徙而来，或是从亚洲跨过白令海峡到南半球来？至今仍然是有争论的问题。至于玛雅人和城池神秘地突然消亡，至今也是"世界之谜"。总之，玛雅文化，这一拉美文化之瑰宝是值得人类研究的。

托卢卡印象

　　托卢卡是墨西哥的一座中等城市，是州府所在地，人口六十五万，市内有六十九个居民区，另有二十四个农区，工农业较为发达。市长由一位女教师出任，她特别欢迎中国城市代表团到托卢卡访问交流。在我们即将结束墨西哥城活动的周末，她派了两位市政府的官员，并带了两位医生，开了一辆中巴来接我们去托卢卡。

　　晚饭后，我们开始启程，车开得很平稳，很快出了墨西哥城，奔上去托卢卡的大道。两座城市相距约一百公里，车行约四十多分钟，前方出现一座灯火辉煌的美丽城市，市府的官员告诉我们："那就是托卢卡！"我睁大眼睛向车窗外观望，只见人群熙熙攘攘，来往的车辆也开始多起来，店铺里灯光闪闪，街道还相当热闹。不一会，我们的车子停在一家花园饭店，这座饭店楼层不高，但很别致，我们住进一楼，中间走廊居然是花园，有绿色的树和高大的仙人掌，配上许多花草，打开住宿的房间，就能看到这令人舒心的绿色世界，而且旁边还有许多座椅，可

托卢卡市宾馆室内像花园

以坐在那里欣赏、聊天，阵阵香气扑来，让人不忍离去。我和杨逢春在这里坐了很久，才回房间休息。

清晨，我很早就起来，走到大街上去，街上很清静，没有太多的人，我猛然想起今天是星期日，很多人可能还在梦乡呢！托卢卡政府安排我们今天参观。

我们先到托卢卡植物园，这是一座生态多样化的园林，一进园区就感受到充满热带风光的氛围，一片片森林、山丘，许多从未见过的植物、花卉，据说，有一百多类品种，真是目不暇接。园中还有一些亭院，供人们休闲、游玩，更突出的是山坡上的大型壁画，那是一位著名画家的作品，用五颜六色的石质拼起来的一幅巨大的自然画，反映人类由黑暗走向光明。

面积达两千平方米，是世界上罕见的。州立大学在半山上为画家塑了一个头像，我们十分敬佩这位画家创作的艰辛和丰富的想象力。

　　走出植物园，我们又乘车到距市区六公里的市文化中心，这也在一个小山坡上，建筑物呈现出中美洲的建筑风格，有艺术馆、绘画馆和群众娱乐场。艺术馆和绘画馆展出了许多反映玛雅文化的作品。

为著名画家在山上塑的头像

　　玛雅人是古代印第安人的一支，约在公元前三〇〇〇年，就在墨西哥的东南部和中美洲一带定居。玛雅文化是璀璨的古代美洲印第安人文化之一，公元三二〇年至公元九〇九年是玛雅文化的鼎盛时期，玛雅人居住的地区遍及墨西哥、秘鲁、危地马拉、伯利兹等地区，古玛雅人创造了辉煌的文化，给墨西哥留下了宝贵的遗产。特别在天文学、数学方面，有突出的成就。我们在艺术馆看到玛雅人的艺术头像和面具，还有玛雅人制造的象形文字符号，遗憾的是，玛雅人的绝大部分象形文字手抄古籍，已被殖民者下令烧毁。

　　在托卢卡文化中心，我们细细地观赏，久久不舍离去，直到下午四时才去吃午饭。我们找到一家颇具民族风格的餐厅就

托卢卡市文化中心

餐。墨西哥膳食中最普遍的可以做出许多花样品种的是玉米，据考古发现，早在一万多年前，墨西哥就有了野生玉米，而印第安人种植玉米的历史，也有三千五百年，悠久的玉米文化历史，使墨西哥人对玉米的种植和加工技术的开发锤炼达到了极致。在墨西哥不仅有白色的玉米、黄色的玉米，而且还有蓝色的玉米、墨绿色的玉米、紫色的玉米，真是五颜六色，令人眼花缭乱。墨西哥制作玉米食品的种类，更是丰富得数不胜数。

　　在餐桌上，摆满大盘、小盘和一个小篮子，除了肉类、菜肴，就是玉米食品。有一种叫"塔马莱斯"，是用玉米叶裹上玉米面、肉，或者夹上鸡丝，玉米面或仙人掌做的辣酱等，煮熟后，打开来吃，很像我们端午节吃的粽子。还有墨西哥人食谱中的招

玉米卷饼，吃得多香

牌菜"塔科",是用油炸玉米片卷肉、菜或其他多种食物,有点像我们的油炸春卷。在这个民族餐馆,我们饱尝了玉米风味的餐宴,真正领略了"欧洲是小麦文明、亚洲是稻米文明、拉丁美洲是玉米文明"。墨西哥人说:"没有玉米,就没有我们国家""玉米是墨西哥文化的根基,是墨西哥的象征,是我们无穷无尽的灵感的源泉"。

在托卢卡,留下深刻印象的是与女市长的会见与交流。星期一上午,在团长南昌市长程安东的率领下,我们七人来到市府大楼,女市长在门口热情地迎接我们,进入市府会议厅,在那里,首先是女市长致欢迎词,我们代表团程安东团长致答词。接着,双方自由交谈。女市长先介绍城市发展的历史:"托卢卡建于公元八〇〇年,一五二一年西班牙殖民者入侵,一六七三年建成为城市,一八三〇年独立为墨西哥的一个州府。一九三〇年后,这个城市发生了很大的变化,开始了城市化的进程,农业人口逐渐转移,城市工业逐渐发展,开初主要是食品工业,做香肠特别有名。后来建立了庞大的工业区,从农业城市转变为工业城市。"

现任女市长,是托卢卡的第二位女市长。因为妇女比较细致,关心居民的生活、卫生、福利,所以女市长很受居民的欢迎。现任女市长有四十多岁,白皙、端庄、美丽,很有魄力;她没有结婚,全身心扑在工作上。她向我们详细介绍了市政府的组织结构:"市政府的领导机构由十五人的市政会议组成,其中包括反对党的代表三人。所有城市的重大问题,由十五人协商研究，做出决定，一旦形成决议，必须执行，而且对全体市民是有效的。市政会议每周一次，所有决定做出记录，就形成城市的历史。我们决定的事，不必问州长，尽管州政府就在我们旁边。我们城市的事，我们自己决定，我们十五个人决定的事是不许别人插手的，我们是封闭的。我们做出的决定，我们执行。"

女市长接着说："市政府分两部分，一部分是市政会议，另一部分是行政机构，下设民政总局、财政总局、经济发展总局、社会福利总局（包括文化教育）、城市发展总局（包括规划、街道服务）、市政综合管理总局。总局人选由主席提名，市政会议讨论通过。每年一月五日，政府要向全市居民宣布一年要干些什么事。"

听了女市长的介绍，我们就问："市长（主席）有没有否决权？"

"没有否决权。因为每一个提案都是事先在市政会议上商量讨论，要大多数同意才能决定，我个人不能否决。"

接着，我向女市长提了一个问题："请问市长，你抓的主要工作是什么？"女市长回答得很干脆："我最主要的任务是搞平衡。比如城市和农村的平衡、城区和农区的平衡，逐步缩小城乡差别；其次是政府各部门的平衡、产业的平衡、文化的平衡、教育的平衡，尤其是对儿童的教育。"

我听了她的解释，感到很有道理，实际上，我们的市长，根本的任务也是要做好各方面的平衡，不平衡就会出问题。

会见后，女市长设宴款待代表团成员。女市长不喝酒，却摆上当地出产的仙人掌酒，请我们品尝。墨西哥人的祖先很早就开始饮仙人掌酒，几个世纪曾一度被遗忘，直到近期才被重新开发出来，成了人们喜爱的饮品。女市长热情好客，一次次地介绍他们的玉米食品和菜肴。她特别推荐了一道墨西哥的名菜"莫莱"酱浇火鸡，原产于布埃那拉州，传说是殖民时期的一名修女发明的，"莫莱"酱用辣椒、巧克力、核桃、杏仁、芝麻、洋葱、西红柿、葡萄干、桂皮、糖、盐等数十种佐料研磨而成，浇在火鸡上，加上玉米圆饼搭配，吃起来又香、又辣、又甜、又咸、又鲜，真是五味俱全。

下午，我们去了经济发展总局和城市发展总局，两位局长向我们详细介绍了经济发展情况和城市发展情况。他们很羡慕中国的农业。他们农业的突出问题是土地比较贫瘠，加上气候原因，一年没有四季，只有雨季（五月至十一月）和旱季（十一月至次年四月），一年的收成只有一季。他们经济发展总局负责向农民推广良种，培训农民淡水养殖，他们学习推广中国的淡水养鱼技术，他们对中国的手工艺品也很感兴趣，竭力教农民制作以当地资源为主的手工艺品，大力发展民族手工业。他们的工业发展较慢，失业者较多，市场上小贩多。经济总局和市长经常碰头研究发展工业，并且很希望与中国加强合作，推广中国的经验。

城市发展总局，主要负责城市规划和建设，他们特别重视城市交通建设和住房建设，满足人口不断增长的需要。去年，他们建了五千所住宅，是由城市发展总局统一规划的，他们也开始注意城市发展不能过度占用农田，他们负责控制全市二十四个农区的耕地。城市的服务设施也由他们规划、建设、维护。城市绿化、垃圾处理也由他们负责，每天运送垃圾的车有四十辆，负责垃圾处理的工人的工资是普通最低工资的两倍。城市规划要经市政会议讨论通过并报州政府批准。

　　两位局长还陪同我们参观了市内的商业中心。商铺林立，灯火辉煌，商品琳琅满目，大部分是本地产品和民族手工艺品，偶尔也能看到世界级的名牌产品，但少有人问津。

　　在托卢卡的最后一天，我们出席了托卢卡与我国南昌市结为友好城市的签署文件仪式。当我们代表团成员一走进市府大楼大门时，乐队奏起了欢快的乐曲，我们会见了女市长。今天

托卢卡市广场

女市长穿了一套朴素庄重的米色西服和黑裙子，打了领结，南昌市市长程安东穿了一套黑色西服，打了一条红色领带；中国城市代表团团员、江苏淮阴市女市长徐燕穿了一件黑缎子的旗袍，显得落落大方，其他成员也都是西服革履。

签署仪式庄严隆重，先举两国国旗，然后奏两国国歌，接着是女市长热情洋溢的致辞，表示非常高兴与中国的南昌市结为友好城市，愿两个城市多加强交流合作。程安东市长也发表了热情的讲话，感谢托卢卡市长、市政府官员、市民的热情友好接待，愿托卢卡和南昌两市多交往、友好、合作，共同发展，走向繁荣。

两位市长讲话后，宣读托卢卡与南昌市结为友好城市意向书，两位市长分别签名。接着，女市长又宣读了授予代表团成员为"贵宾市民"的决定，给每人都颁发了"贵宾市民"证书，在纪念簿上，我们每人都签名留言。中国驻墨西哥使馆代办柯小光、文化参赞刘清出席了仪式。

离开托卢卡时，市府派官员送我们到墨西哥机场，墨西哥外交部的官员陪送我们前往蒙特雷市。

"北方之都"蒙特雷

　　蒙特雷是墨西哥新美昂州的首府，位于墨西哥的东北部，市区人口一百三十万，与周边十一个市镇组成的蒙特雷都市区人口有三百七十八万，仅次于墨西哥城都市区和瓜德拉哈拉都

墨西哥蒙特雷市街头的塑像

市区，居全国第三大都市区，遥遥领先于北部其他城镇，因而被称为"北方之都"。

下午六点三十五分，我们城市代表团乘坐的飞机在蒙特雷机场着陆。因市长在外地，派市长顾问到机场迎接，先引我们到机场贵宾室，接着有十多家报社、电台的记者蜂拥而至，有的照相、有的提问题，团长程安东回答了他们提出的关于中国与墨西哥的经济交流与合作等问题、简要介绍了中国的改革与发展情况。随后驱车到市中心的一家面对广场的大饭店，这广场很别致，占地四十公顷，既不方，也不圆，而是多边形，周边是商场、停车场，中央是花园、草地、喷泉、错落有致的木椅，供游人休憩。夜幕降临后，广场灯火通明，人来人往，热闹非凡。

墨西哥蒙特雷市街头

大饭店的建筑，具有美洲风格，楼层不高，我们住在五层，可以看到广场和周围的街区。大饭店的后面是绿化带，环境优雅。

蒙特雷是墨西哥工商业最发达的城市之一，也是墨西哥的一些大的工商业集团和财团的总部所在地。中国消费者熟悉的"科罗纳"啤酒就是由蒙特雷的"莫德罗"集团生产的。蒙特雷有高速公路与美国墨西哥边境的新拉雷多市和雷诺萨市相连，与美国的贸易往来很频繁。

第二天上午九时，市长顾问和城市发展局负责人来饭店同我们共进早餐，膳食的花样很多，但大都离不开玉米，烹调的花样却很特别。女招待送来一盘烤得香喷喷的玉米棒子，在黄里透亮的玉米上，淋上白色的奶油、红色的西红柿酱、黄色的芥末，看着就喜人。市长顾问问我："喜不喜欢吃玉米棒子？""来一根吧。"我一尝，真是别有一番风味，感受到一种异域的生活情趣。

我们来到市府大楼，这是一座古老的两层建筑。市长顾问介绍说："一五九五年'新西班牙'（墨西哥独立前的称谓）的总督葛斯巴尔·德苏尼格将我们这座城市定名为蒙特雷，因为他是西班牙蒙特雷市人，他还承袭了'蒙特雷伯爵'的封号，后来也就沿用了这个名字，一直保留至今。蒙特雷四周群山环绕，东部是'马鞍山'，因为山势呈明显的马鞍形而得名，它是蒙特雷市的著名地标。全市面积七百八十一平方公里，有二百四十七个居民区，人口逐渐增多，住房也逐年增加……"

一位女官员介绍市政府的组织架构：市长和十七名议员、

两名理事组成市政议会，市长任议会主席，行政、立法、司法都管。市府设二十个总局和办公室，处理经济、社会、教育、文化、城市管理等方面的工作。

接着，市长顾问主持在市政大厅举行了欢迎仪式。由市政议会的一位资深学者代表市长致辞，授予我们"贵宾市民"证书，程安东团长致答谢词。然后我们去工程服务局访问。二十年前，蒙特雷城区较小，现在扩大了很多，城市的工程项目大都由政府投资，主要是公共设施；经营性项目由民间投资，先有经费，然后才有工程。一位女局长介绍说："全局共有二百二十人，局长一人，处长两人，工程技术人员比较多。"我问："不当局长后干什么？"女局长笑着说："不当局长、处长就回家，再设法另找工作。"说明他们的政府官员不是铁饭碗。

下午参观蒙特雷博物馆，这座博物馆一八八七年才最后建成，现藏墨西哥历史古迹及拉美文化艺术品一千五百多件，馆长热情迎接我们，陪同我们参观、讲解。馆藏有雕塑、石刻、绘画、古玛雅人的墓葬出土文物，还有仿制的印第安人的图腾柱。图腾一词，系指保护人或祖先，图腾柱上人物雕像的意义，在于它同家长血统一致，动物雕像则代表某个家族的纹饰，柱上所刻的图像，都有一定的含义，如表示纪念、存证、欢迎、丧葬等。

蒙特雷博物馆不但形象地展示了本城市的发展历史，而且还展示了本城市与外域的交往。馆长领我们去看了一个"中国瓷器馆"，我们感到很吃惊，距中国那么遥远的美洲城市，竟

墨西哥蒙特雷现代艺术博物馆展出的出土文物

然有那么多中国的早期瓷器！馆长说："墨西哥与中国的经贸和人员往来源远流长，从公元一五六四年开始，'马尼拉大帆船'不断地往返于墨西哥与菲律宾之间，开通了从中国的南海经菲律宾到墨西哥的太平洋港口的航线，开启了中墨贸易，大量的中国瓷器、茶叶、丝绸运抵墨西哥，墨西哥的银器、热带产品运往中国。随着中墨贸易发展，墨西哥铸造的银圆，也源源不断地流入中国的货币市场。开始时可以用墨西哥银圆在中国南方的港口直接购买丝绸、茶叶等，后来，墨西哥银圆逐渐可以在中国全境内流通。墨西哥独立后铸造的银圆有带鹰的国徽图像，所以被中国老百姓称为'鹰洋'。墨西哥银圆前后在中国流通了三百多年，一度曾占据中国货币流通总量的三分之一。

据保守的估计，至辛亥革命前的一九一一年，中国市场上约有五亿比索的'鹰洋'在流通，由此可见当年中墨贸易的盛况。一九一四年中国发行印有袁世凯头像的新银圆后，'袁大头'开始逐渐取代'鹰洋'。直到一九二六年后'鹰洋'才从中国流通市场上悄然退出。"

墨西哥人酷爱音乐，能歌善舞。最流行的要数"玛里亚奇"（一种乡村乐队的名称），最早出现于墨西哥的哈里斯科州、科里马州、纳亚里特州，后来在蒙特雷也流行开来。玛里亚奇原先是印第安人的民间乐队，使用土著乐器，殖民统治时期，受到西班牙文化的影响，开始用一些西洋乐器。墨西哥独立后，在长期的探索发展中，玛里亚奇从乐器、曲目到服装都发生了很大的变化。现在的玛里亚奇乐队，一般由三至五人，多的七至十二人组成，多数为男性，也有少量女性，他们既能弹，也能唱。乐器以吉他、小提琴、大吉他、比韦拉琴、小号为主，有的还加上竖琴、笛子、手风琴等。乐曲早先以哈里斯科州和西部农村的地方歌曲为主，后来逐步吸纳各地的传统民乐乃至世界流行歌曲。玛里亚奇歌手的装饰是，头戴宽边大呢帽，身穿镶着花边的"恰罗士"紧身服，色彩以黑白为主，装饰与骑士服不同；女歌手的服装，上身与男士相似，下身穿长裙。每人手中一件乐器，边奏乐边引吭高歌，曲调热烈，旋律欢快。

在蒙特雷饭店广场，我们时时可以看到玛里亚奇的表演。可以说，墨西哥人的生活离不开玛里亚奇。从国家、城市的重大节日庆典，到家庭的婚丧喜庆，都要请玛里亚奇乐队助兴，它给人们带来欢悦和激情。甚至有的小伙子谈恋爱，也要求助于它：在皎洁的月光下，领着一支玛里亚奇乐队到心仪的姑娘窗下，弹唱着抒情歌曲表达衷肠，有的姑娘也会回唱，这种传统的求爱方式，至今依然流行。据说，这比送一束玫瑰花更能赢得姑娘的芳心。

有一次，我们在餐馆就餐，刚入座，就有一支玛里亚奇小乐队为我们演奏起欢快的乐曲，一位姑娘过来请我们点歌，我们点了一首当地的民歌，姑娘和小伙子边弹唱边舞，气氛十分热烈，仿佛给我们的餐饮增添了美味的佳肴。

晚上，我们在饭店前面的广场上，又遇到聚集在那里的十多支玛里亚奇乐队，他们等候游客们点唱，有的全家在那里欢聚、

玛里亚奇小乐队在餐厅表演

有的为家庭成员庆祝生日、有的为朋友祝贺喜事，还有热恋中的青年男女，成双成对地到这里约会，为情侣点歌，唱得兴起时，四周观众也会同声伴唱，或者随着激越嘹亮的乐曲节奏翩翩起舞，演唱完毕，点唱者要付给乐队几个比索的报酬。当曲终人散时，往往东方已经发白。因而，人们把这个广场称为"不夜广场"，也有称"玛里亚奇音乐广场"。

城市的发展与文化教育的发达是分不开的。蒙特雷市的教育在北部地区是比较著名的，它有七所高等院校，有一所综合大学、一所科技大学，还有医学院和音乐学院，有十多万在校大学生，除本州的学生外，其他州的学生也可报考。学校分公立和私立，国家和州办的，收费较低，一学期八万比索；私立大学的收费较高，一学期要二百万比索，所以一般家庭的孩子是上不起私立大学的。我们参观了一所州立大学的图书馆，设备比较好，藏书比较多，阅览室很大，看书的人很多，同时也向社会开放，图书可以外借。市政府十分重视社会文化福利事业，鼓励民间社会团体开展多样性福利活动。

我们参观了一所儿童保护协会，这是民间知名人士和一所医疗企业合作成立的机构。主要服务对象是贫困儿童，为贫困儿童免费供应一顿早餐，后来又收养了一些流浪儿童，成立了一个贫困儿童教养院。到这里服务的人，大多是志愿者，服务时间可长可短，主要经费靠社会捐赠，必要时，政府也给一些补助。

我们还去了一所市府办的养老院，主要是收容孤寡老人。

养老院不仅照顾老人的生活，还请了一些教师给老人讲故事，教老人唱歌、画画、做手工……老人对我们特别热情，抢着同我们握手。我们观看了老人的唱歌表演、绘画作品、手工艺品，虽然语言不通，但感情是相通的，从老人的愉悦表情和笑声中可以看出，虽然国别、民族不同，而向往美好、健康、幸福的心愿是一样的。陪同的官员说，像这样的养老院，各个社区几乎都有，很受老人的欢迎。

　　晚上，我们在一家华侨开的中餐馆就餐，老板是广东人，见到中国代表团特别高兴，主动给我们介绍华侨的情况："在墨西哥的华侨和华裔大约有一万多人，北部地区比较多，大多是开餐馆、杂货店、咖啡店等的小型家庭企业；只有几家华侨经

养老院的老人在表演唱歌

营大的企业。墨西哥西北部库利阿坎市的李氏家族，是墨西哥华人的杰出代表。库利阿坎市有近八十万人，李氏家族从早年在那里艰苦创业，到今天已成为墨西哥华人中经济实力最强的企业集团。"老板看我们都在听，就接着说："李氏集团的创始人胡安·李，二十世纪初从广东乘船到墨西哥，参加过墨西哥的革命战争，立过战功。一九五四年，胡安·李在库利阿坎市开了一家杂货铺，经营豆类、大米、食品罐头、日用品等，后来又开了一家超市，他们经营有方，生意兴隆，经营范围逐步扩大，不但搞商贸，而且搞种植、养殖、加工、物流、旅游、房地产等多个领域。现在仅公司总部的职员就有一千多人，在墨西哥各地有一百二十家李氏超级市场。李氏集团有自己的现代化货物配置中心和集装箱运货车队，有大型的养畜场和现代化种植园，每年仅向美国出口西红柿、青椒等蔬菜就达四百多万箱。现在李氏家族人丁兴旺，五代家庭成员合起来已达一百五十多人，当今李氏集团的掌门人是胡安·李的长子胡安·李·洛贝斯，曾多次出任墨西哥超市协会主席和拉美超市协会主席。李氏家族家庭和睦，热心社会公益事业，与墨西哥主流社会关系融洽，赢得了墨西哥政府和国民的尊敬。"我们称赞了华人在异国他乡的艰苦创业精神，祝老板生意兴隆。他希望祖国更加强大。

在蒙特雷，我们还见识了墨西哥人的生活习俗。据说，辣椒是墨西哥古玛雅人最早培育出来的，后来由西班牙人传到世界其他地方，现在墨西哥人更是把他们祖先爱吃辣椒的嗜好，发展到登峰造极的地步。他们连吃水果都加辣椒，在市场上可以看到小贩把芒果、甜橙削皮，插上一根小签，蘸上一层红红的辣椒粉，大声叫卖，游人们则一个个举着蘸满辣椒粉的芒果或橙子，吃得满脸通红，津津有味。墨西哥人吃饭时必备的食品萨尔萨，也是以辣椒为主料，加上不同的配料，味道和颜色也就不一样了。在餐桌上，最常见的是绿色和红色的萨尔萨，绿色萨尔萨是用绿辣椒和绿番茄加上香蕉、葱头等做成的，这种萨尔萨，辣中透出一股清香，辣而不燥，沁人心脾，开人胃口；红色萨尔萨是用红辣椒加上红番茄等做成的，香辣俱全，味道醇厚。

还有一种墨西哥有名的调料莫莱，是用辣椒加巧克力、玉米、各种果仁、香料等做成的，是烹制肉类菜肴不可少的一种

小姑娘为家人看摊

调料，如莫莱火鸡、莫莱牛肉，就是这种调料做成的，吃起来又辣又香。据说，有的城市每年还举办规模盛大的莫莱节，展销的莫莱有百种之多。

离开蒙特雷的前夕，市长顾问举行宴会，欢送我们代表团，我们品尝了莫莱牛肉和莫莱鸡，味道很美，但不能吃辣椒的人就惨了，筵席上喝的是墨西哥的龙舌兰酒，每人面前放两个小杯子，一个杯子是酒，一个杯子是辣椒汁，喝一口酒，再喝一口辣椒汁，真有说不出的风味。当然，主人也不勉强我们喝辣椒汁，但对墨西哥人来说，这可是一种高级享受。

第二天下午，市长顾问和政府的几位官员，又到机场，为我们送行，再见了，友好热情的墨西哥人！

秘鲁

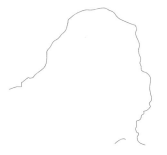

秘鲁首都利马

从墨西哥城经过六个小时的飞行，晨七时许（当地时间），我们抵达秘鲁的首都利马。利马市政府的官员和中国驻秘鲁使馆的朱大使、何参赞来机场迎接，在贵宾室稍坐片刻就出机场。大家感到比墨西哥城稍冷一些，朱大使说，此地现在是冬季，平均温度十度左右，穿一件毛衣就可以了。我们离开北京时正是夏天，南半球同我们正相反，就是冬季也不算冷。

机场离市区较远，机场和周围的建筑都比较简朴，显然经济还不够发达。车快到市区时，看到街上的行人很多，据说秘鲁人口百分之二十以上集中在利马。二十世纪四十年代，利马才五万人；六十年代以后，人口急剧增长，大批破产农民和印第安人进城谋生；八十年代突破五百万人，现有七百多万人。从城市拥挤程度看，一点也不比中国城市差，街上熙熙攘攘很热闹。街道纵横交错，宽宽窄窄，五花八门的车很多，出租车大部分很旧，车身上的伤疤不少，都是用油漆补得一块一块的。我们住在玛利亚安戈那饭店，算是此地比较好的宾馆。周围有一些较大的建筑，看来这属于新区。午后，市府派人来陪我们到市里参观。

利马的老城，是西班牙的征服者弗朗西斯科·皮萨罗主持建造的。皮萨罗是个传奇人物，他是西班牙绅士的私生子，从小跟着一个猪倌生活，没有受过教育。他跟随西班牙探险家德巴尔沃亚航海。后与搭档德·阿尔马格罗联手远征南美，一五二四年到达厄瓜多尔、哥伦比亚一带；一五三一年又一次远征，他们决定兵分两路。幸运的皮萨罗终于登上了安第斯山脉，这里是印加帝国所在地。凭着他的枪炮和带去的人马，很快就征服了印加首都库斯科。

皮萨罗不喜欢住在巨石垒造、黄金装饰的印加皇宫，要在千里之外另建新城，选择临靠大海（太平洋），沿着利马克河，物产丰富、风光优美、终年少雨的富庶土地。一五三五年一月，皮萨罗在这里建城，因利马克河而取名利马城。后来成了西班牙帝国在南美洲的总督驻地，又是文化、宗教中心，这座四百多年的古城至今依然保留下昔日西班牙的风采。

古城九纵九横，又称八十一街、"方形利马"，但并不是整齐的格状方形。相传当年皮萨罗用佩剑在地上画了个方块，中间又横竖画了九道。这个方块后来被称为"皮萨罗棋盘"。这个"棋盘"长十三个街区，宽九个街区，中央是中心广场，又称武装广场。十九世纪七十年代，老城区城墙拆除，广场不断扩大。

利马广场在秘鲁人的心目中占有重要地位，它见证了秘鲁政治生活历程中的许多重要事件。广场的两个主体建筑，一个是原来的新卡斯蒂亚总督府，秘鲁共和国成立后定为总统府；另一个是大教堂，是由西班牙人建于一六二五年，十八世纪利马大地震被毁。现在看到的是一九〇四年重建的，成为巴洛克、哥特、罗马式的混合体风格。教堂两旁的钟塔被漆成亮眼的黄色，在广场显得非常醒目。总统府是栋二层楼建筑，楼上有阳台对着广场，每到重要节庆日，总统会在阳台上出现，对百姓挥手

利马大教堂

致意。四周有荷枪实弹的宪兵站岗。这座建筑多灾多难，曾遭遇三次大火。最后一次是一九二一年七月，大火将面向帕拉西奥斯大街那侧的建筑全部化为灰烬。所以我们现在看到的总统府已经不是西班牙风格，而是带有法式巴洛克特色。教堂两侧有十四个小教堂，还有许多巴洛克建筑风格的修道院。每个教堂都有精美的圣像、神龛、油画。进入教堂大门后，右手边第一个小教堂不要门票，可以随意参观。这里埋葬着西班牙殖民军的首领、印加帝国的征服者、利马的建城者皮萨罗，壁画上画着他指挥殖民军在秘鲁征战的场面。中心广场还有一座皮萨罗的铜像，是一九三四年竖立的。这实在是秘鲁人，尤其是印加土著人的耻辱，二〇〇二年这座塑像从广场挪到新建的城墙公园。

　　从中心广场，我们来到圣马丁广场，它比中心广场大，四周都是比较高大的欧式建筑，其中包括精致的圣马丁宫殿和波利瓦尔宫。街道向四周散发，形成宽阔的景观。广场的中心竖立着南美洲独立战争领袖、秘鲁之父何塞·德·圣马丁将军骑马的铜像。铜像的座基设计造型独特，咖啡色花岗岩方形底座上竖了一个米黄色的锥形桩，桩顶上覆盖着三米厚的白色层，呈不规则的驱雪层状，正面有两个天使浮雕和圣马丁字碑，象征圣马丁将军与风雪搏斗的一次远征。

　　圣马丁将军出身于阿根廷军官家庭，八岁就随父去西班牙，一八〇八年参加西班牙人民反对拿破仑的解放战争。一八一二年他返回阿根廷，开始完成解放南美的使命。一八一六年七月

秘鲁首都利马圣马丁广场

九日，在他领导下，阿根廷获得独立。作为阿根廷解放军总司令，他深知南美洲人民与西班牙殖民者的斗争才刚开始，西班牙美洲殖民地的总督府在利马存在一天，阿根廷的独立随时会受到威胁。他决心打到利马，解放全南美。一八一七年他率军开始长征。在攀越安第斯山时，与风雪严寒搏斗了整整两个星期，创造了军队长征的奇迹。一八一八年终于赶走了西班牙在智利的军队，智利宣布独立。一八二〇年七月十二日赶走西班牙殖民者，夺取利马。一八二一年七月二十八日，圣马丁将军在中心广场向世界宣布秘鲁独立。从此，他成为南美洲的解放者，秘鲁、智利、阿根廷三国的国父。但他没有把打下的江山作为自己的江山，甚至都没有在他为之出生入死的土地上占有一方花园，他只是短暂地冠以秘鲁"护国公"之职。一八二二年九月二十二日，在秘鲁召开第一届国民大会上，他立即宣布辞去"护国公"之职，然后取道智利，回到阿根廷。不久就前往欧洲，寄居法国，直到一八五〇年在法国布洛涅市逝世。为反侵略、为民族独立打江山而不坐江山，这样的历史英雄人物世界古今都是少有的。

在圣马丁广场经常聚集着许多人，三五成群，也有几十人一拨，人群里有演讲者高谈阔论，听众安静地听着，显然是个自由发表意见的场所，有点像英国伦敦的海德公园。此外，还有一道风景线，就是一大堆擦皮鞋的流动摊，男、女、老、少都有，每人一个小木箱、一个小折叠板凳，随时为广场的来往人服务，一个索尔（秘鲁币）擦一双。他们脸上大都带着笑容，靠自己的力气挣钱吃饭，他们感到很自豪。历史上平民出身的总统托莱多，未当总统前，也曾替别人擦过皮鞋，他就是秘鲁个人奋斗的典范，深受百姓的尊敬。

下午五时，我们代表团受中国使馆朱大使的邀请到使馆座谈。朱大使十分热情，恰巧代表团成员、江苏省淮阴市长徐燕是他的老乡，在异国他乡能见到自己的家乡人，那是说不出的高兴和激动。朱大使向我们介绍了秘鲁和利马的情况，徐燕市长也介绍了淮阴的发展和变化。晚上，朱大使在利马的一家海滨餐厅宴请代表团。这个餐厅不仅紧挨着海滨，而且是建在海水波涛之中，一条海堤通向高大的建筑物，很有气派，装潢很精致。我们的餐桌正对着大海，灯光照射着，一波一波的海涛向我们涌来，一水之隔，那不就是我们的祖国吗！可是却相距数万里，太平洋之大，可想而知。利马的特产是海鲜，此地人喜欢吃生海鲜。主人为我们点了一盘印第安人留下来的佳肴，叫"色味切"，生鱼肉片加柠檬，同洋葱、西红柿、海带丝、玉米粒、柠檬汁、辣椒相拌，盘底衬了一片包菜叶子，味道以酸为主，兼有麻辣味。同墨西哥人的吃法很相似。菜刚上了一半，我们都被辣得满脸通红，一个小乐队来到我们桌边，三男一女，边弹边唱，气氛顿时欢跃起来。唱完一曲，要我们再点曲目，朱大使用西班牙语向他们表示感谢，我们都不约而同向他们鼓掌。

晚宴后，朱大使陪我们在海边走了一段海滨公园的小路，观赏利马的海上夜景，这里很安静，只听到海浪的声响；游人也少，偶尔看到一对对情侣。主人告诉我们，今天是世界艺术节，利马的玛利亚广场有演出，要我们去看看，我们驱车去广场。经过繁华的街市，商店的五彩霓虹灯闪耀着不可捉摸的光芒，广场上已是人山人海，当我们登上临时搭的演出台，一位著名的女歌唱家正在放声高歌，我们静静地听着。一曲结束，掌声雷动，观众十分活跃，我们团长上前与演员握手，并高举手向观众致意。演出到晚上十时结束，我们与大使告别，回到宾馆。

　　第二天，利马市政府派官员来接我们到市府，一位中等个头、脸色红润、鼻梁高高的市长非常热情地同我们一一握手，然后走进市政厅会议室。市长详细地介绍了利马的城市的区划情况：利马有四十一个区，每个区有十多万人，全市有五百多万人。市长是市政理事长，执政和立法合一。市政府设有工业部主管私营工业和国营工业；发展规划部，主管城市建设和管理。我们简单介绍了中国的城市情况。接着参观市政厅。下午一时，市长同我们共进午餐，快要结束时，驻利马的新华社记者老刘突然晕倒，大家都很着急，赶快叫了救护车，待救护车来时，老刘缓缓苏醒过来。一场虚惊过后，气氛由紧张转为轻松。

　　午餐后，官员陪我们乘车到郊外的一个农业区，那里有一所农业学校用"南昌"命名，一所新建的小学用"淮阴"命名。南昌市长程安东、淮阴市长徐燕特别高兴，邀请大家出席命名仪式，使馆也派人参加。我们一进入村庄，早在那里等候的群众，男男女女，一齐拥在路的两旁，抢着同我们握手，许多学生还唱着歌、跳着舞欢迎我们，气氛热烈感人。两位市长分别在两所学校与校方签了合作办学的协议书，双方都发表了热情洋溢的讲话，学生表演了节目，两位市长还向学校赠送了带去的物品。随后，我们分别参观了两所学校的教室、图书室、教研室，直到黄昏。

　　在利马的第三天上午，工业部长陪我们参观两个企业，先到传统的金银手工艺厂。秘鲁出产金银，手工艺厂很多，规模都不大，但工匠的技术很高。我们在一个银制品工艺车间，看

利马郊区一所农业学校命名为"南昌农业技术学校"，在广场举行命名仪式

到一位老工匠，把一根非常细的银丝，不一会儿，就打成一条非常漂亮的银链，我们都看呆了，十分赞赏他的手艺。在银饰品柜台，有各种银制品出售，我们都选购了小饰品，作为纪念。

从手工艺厂出来，我们接着参观一家以色列人创办的纺织厂。我们看了从纺到织到染的全过程，最后成品打包出厂，自动化水平较高，全厂有七十个工人，十二个行政管理和技术人员。经理一人、副经理一人，他们都懂技术，显得很精干。每月销售的产品值约七十万美元，效益不错，工人的福利待遇也较好。工人基本上都是本地人，而且大部分是女工，他们对工作比较满意。

从纺织厂出来，我们到了利马的唐人街，先看到一个高大的牌楼，是唐人街的正门，也是中国传统建筑的典型标识，是当地华人集资建造的。在美洲、欧洲的许多唐人街，光有汉字的商标、琉璃瓦、大红灯笼显然是不够的，还必须有这样的大牌楼，才真正显示出中国味。遗憾的是我们国内的许多城市却把牌楼拆掉了，变成大马路，好像这就是现代化了，把老祖宗留下来的东西毁得越多越好，这就是当年的"文化大革命"。而利马的这个牌楼却寄托着许多秘鲁华人对祖国的思念。

利马老城小街

秘鲁是华侨最多的拉美国家，华侨、华人的总数已达到一百三十多万人，其中土生华裔或混血华人后裔近一百三十万人。二十世纪八十年代以来，约有四五千华人移居秘鲁，大都居住在西部沿海地区，仅利马一市，就聚居有百分之六十至百分之七十的华人。据说，秘鲁现在有二十多家大型超市和三千多家中餐馆由华人经营，价廉物美，深受当地人欢迎。

利马的唐人街是在繁华的帕鲁罗街上，这段街不长，但中国味很浓。两旁的商店都是汉字招牌，还有中国风格的橱窗，红砖铺的路面，中间镶嵌着白色的十二生肖图案，街边还有一座琉璃瓦的袖珍小亭子，显示出十足的中国风。街上的人川流不息，不过大多是秘鲁人，也有一些国外的游客。我们走到一

利马女警察

家水果店，有个小姑娘在售货，她向我们笑，想说话却不好意思，大大的眼睛，黄色的皮肤，我们一看就像中国人或华裔，就问："会说中国话吗？"她点点头，说："会。你们是从中国来的吗？"

"是。你的水果生意还好吧？"

"还好，此地的水果很好吃，你们尝一尝吧。"

在异国偶遇自己的同胞，深感难得，我准备买几个削好皮的菠萝带回宾馆。小姑娘不肯收钱，要送给我们品尝。我赶忙说："谢谢你的好意，你不收钱，我就不买了！"小姑娘才勉强收下钱，我们离开水果店时，她还频频招手。

利马街头的各种建筑非常"洋"气，殖民时期的建筑随处可见。而本地的建筑也很有特色，尤其精美的木制阳台成为一大景点。建筑物色彩浓艳，屋顶、窗户、阳台，全用实木打造，雕刻精细，一条街就像一个色彩斑斓的风景带，在灿烂的阳光照射下，更显得迷人。

森林城市伊基托斯

　　在秘鲁，我们访问的第二座城市是伊基托斯。它是秘鲁亚马孙河丛林地区的最大城市，洛雷托大区的省会，人口五十万。位于亚马孙河岸边，无公路和铁路与外界连接，城市被森林团团、深深地包住，交通完全依靠航空和亚马孙河航运。早晨七时，我们乘飞机离开利马，经过近两个小时的飞行，九时许，抵达伊基托斯，一出机舱，清新的空气扑面而来。

　　伊基托斯市长到机场迎接我们，他是个大高个，对人非常热情，同我们一一握手，在贵宾室稍事休息，市长简单地介绍了一下城市情况，即乘车赴宾馆。

　　伊基托斯是个典型的热带城市，离赤道仅三度，充满热带风光。当天就安排我们参观动植物园。这座动植物园范围很大，一进园，香气扑鼻，到处是鲜花、香草，高大的树木遮天蔽日，又粗又壮，几个人抱不过来。一条大蟒盘在树边，开初我们不敢靠近，陪同的官员让一位驯蟒者过来，他轻轻地将蟒抱起来，让我们摸摸，我从来没有摸过这么大的蟒，也壮着胆子摸了一下，感到手发凉，有股凉气逼人。

　　这个园子的另一个特色是鸟类很多，有火红色的、湖蓝色的、鲜黄色的、嫩绿色的……五颜六色的热带鸟类在林子里飞来飞去，它们不怕人，与人和睦共处。有一只黄色的大鸟，突然停在我的肩上，开初吓我一跳，可是，它很乖，羽毛多彩艳丽，我感到很幸运，摸摸它那美丽的羽毛，它的眼睛一闪一闪的，可惜没有带来它喜欢吃的东西，过一会儿，它就飞走了。

　　在这里我还看到亚马孙雨林独特的一种动物——树懒，有二趾和三趾的两种，行动迟缓，常年倒挂在高高的树枝上，以吃树叶为生，每天需要睡十六个小时以上。为适应倒挂树枝的生活习性，毛发的生长方向与其他动物相反，从腹部向脊背逆

这里的鸟不怕人

生，使雨水能在长眠树枝时顺畅而下。开初我看到的那个树懒倒挂在树枝上，动也不动，我以为是一个大树叶呢，随后别人向我介绍，并指给我看，才知道是个树懒，懒在树上不肯离开，吃住都在树上，真是少见的动物。

据资料记载，亚马孙地区的动物多达万种以上。习惯于栖息在树上的有猿猴类动物，如阔鼻猿、长尾猿、吼猴、蛛猴等，还有适应热带雨林生活的美洲豹、貂、野猪等。生活在亚马孙河的鱼类也很丰富，品种超过两千种。

在园子里，还碰到许多当地的游客，有两个小朋友老跟着我，彼此语言不通，我不知道什么意思，后来找翻译来，他告诉我，小朋友想要一盒中国生产的"万金油"，我笑了，幸好我身上有两盒万金油，给两个小朋友一人一盒，他们拿到后，高兴地奔跑了。出国前，我听说，到南美，最受百姓欢迎的是万金油，所以我特地带了几盒。

伊基托斯，最初系由耶稣会传教士创建，法国人首先在此地发现天然橡胶树，十九世纪汽车轮胎发明后，此地开始飞速发展。由于英国人从巴西采集高产橡胶树种子，在英国伦敦播种，成苗后，就将橡胶树苗移到东南亚种植，大获成功。而且随着技术发展，又有了合成橡胶产生，造成此地橡胶热的退潮，从此，伊城再也没有恢复到当年的盛况。目前，只能以发展服务业、旅游观光和木材生产为主，雨林旅游可以从伊基托斯乘船沿亚马孙河直达巴西。

在伊基托斯的第二天，由市长主持在市府召开座谈会。出席的有财务局、管理局、乡村发展局、社会发展局、收入局（即税务局）的负责人。市长讲，他的主要工作是抓财务、教育、卫生、文化，他管农村，但不管农林，只帮助农村修建道路和小学等。座谈会发言很热烈，各局的负责人都介绍了情况，普遍反映，经济发展较滞后，经费较紧张，这恐怕是发展中城市共同的问题。座谈会开了两个多小时，然后市长陪我们参观市区，使我想象不到的是这个城市现在居然如此繁荣，它依河傍水，街道两旁店铺林立，摊位相接，人来人往，生机勃勃。橡胶热过后，伊基托斯经历过一个萧条时期，为了刺激当地的经济发展，秘鲁政府从二十世纪六十年代开始在这里实行特殊的经济政策。现在有多种商品免税进口，使它成了半自由港。大量来自欧美、巴西的商品涌进伊基托斯，使这座居于热带森林腹地的城市，成了亚马孙地区的商业中心。伊基托斯还是秘鲁除首都利马以外，唯一有国际航线的城市。接着，又参观了摩托车厂，这个厂比较大，生产的产品主要供本地区使用，式样比较新，质量也不错，销路很好，也是市府财政的一项重要收入。

　　中午市长设宴招待我们全团成员，吃的是中国菜。老板是广东人，在此地已经营了几十年，现在是小老板当家，不断从广东招来一些人，饭店规模越做越大。听说我们是中国来的代表团，他们高兴得很，老老板和小老板都出来招待我们，亲热地同我们谈心，介绍此地的风情。由于是市长做东，因而这顿饭老板做得特别精心。市长高兴地说："我很喜欢吃中国的广东菜。"我们团长程安东立即回应："欢迎你到中国访问，可以请你吃不同风味的中国菜。"

午宴后，我们先去参观一个华人创办的胶板厂，规模不大，但产品在当地很有市场。老板告诉我们，此地木材资源很丰富，缺少的是资金和技术。困难的是交通不发达，只有走水路。我们鼓励他由小到大，逐步发展。

下午四时，在市长的陪同下，我们来到亚马孙河岸，向往已久的亚马孙河终于见到了。大家兴奋地高呼："亚马孙，我们来了！"亚马孙河是南美洲的第一大河，也是世界上流域面积、流量最大的河流，全长六千四百八十公里，流域面积七百零五万平方公里，约占南美大陆总面积的百分之四十。它发源于秘鲁南部安第斯山区西科迪勒拉山脉东坡，在伊基托斯市以北转而向东，一路上汇聚了成千上万条支流，形成一股势不可挡的滚滚洪流，日夜不息经过巴西，倾入大西洋。在伊城以下，河流宽阔，流速平缓，一派宁静。河面上时有三两只独木舟在水中荡漾，没有看到轮船。市长陪同团长程安东、团员徐燕、张颖、杨逢春加上我，乘一条小的游艇，其他几位乘另一艘小游艇。随着马达声响，我们的小艇在前面迅速启航，乘风破浪，奔向宽阔的亚马孙河。河面很宽，在夕阳照射下，泛出金色的波纹和白色的浪花。这里的天空蓝得出奇，云朵白得耀眼，树叶绿得凝重。两岸是香蕉、芒果、木瓜、杨树林，还有一些简陋的棚屋，散落岸边，大都用香蕉叶子铺盖屋顶，有的是高脚棚屋，上下两层。有的在河边架起木屋小房，以茅草为顶，房子却用木桩支撑着，木桩露出水面约有二至三米，上面才是居室。我们还看到一群皮肤晒得油光黑亮的孩子在河边戏水，还有的驾着独木舟在浅水里捕鱼，看到我们的游艇，就频频招手，我们也向他们挥手，欢声笑语，彼此都感到十分亲切。河面的空气很湿润，顿感心胸舒畅。

　　我与杨逢春坐在船头，看着前方一望无际的河水，大片的莽莽森林，林与水紧密交融，有的地方是林在水里，水在林中。在通向雨林深处的小路上，偶尔还能看到一些土著人，上身光着，下身围着草裙，手里拿着吹箭，他们习惯在雨林中生活。他们以种植热带水果和捕鱼为生，也种水稻，但没有稻田，每年在河水下降的时候，把稻种撒在河塘边的浅水里，待水退出地面的时候，稻种自然发芽生长。当地把这样的水上村庄，称为"贫

亚马孙河岸边的小村庄

穷的威尼斯"。

在我们游兴正浓时，马达声突然停止了，驾船工无奈地说："没油了！"伊城的市长有点着急，双手一摊，向我们表示歉意，他马上俯下身，靠着船舷，用手当桨划动小艇，往岸边靠，我们也跟着用手当桨，小艇在众人的划动下，渐渐靠近岸边。船工上岸，向附近的居民借了一桶油，小艇很快又活跃起来，马达声恢复了常态，我们又荡漾在亚马孙河上。这个小插曲给大家带来新的乐趣，市长一再向我们道歉，我们却向市长说："这给我们增加了一个很有意思的难忘的节目。"

经过一个多小时的河上畅游，饱览了热带风情，傍晚回到岸上，又在市区转了一圈，观赏了这座独特的热带森林城市，很多建筑都是木制品，门窗精雕细刻，富有艺术性，城市高楼不多，显得朴实典雅。

当晚，我们要返回利马，伊城市长到机场送行，在贵宾室里，我们畅谈了在伊城的感受，并向市长表示感谢。快要登机时，来了一位年轻的女服务员，向我们的女翻译张颖鞠了一躬，然后告诉她：按照伊基托斯城市的规定，凡是乘机离开机场的客人，每人需要交五美元的氧气费。因为这座森林城市的空气特别好，吸了这里的氧气要付费。市长在旁边也只能耸耸肩，表示无可奈何，这是议会立法通过的。我们立即表示，一定遵守城市的规定，每人都缴了五美元的氧气费。联想起苏东坡的名句："惟江上之清风与山间之明月……取之无禁，用之不竭……"，而今，在这异国他乡，连空气都要收费，这是我平

生第一次遇到的奇事。继而思之：亚马孙对人类的贡献实在太
巨大了。整个亚马孙森林的面积有七百五十万平方公里，它是
目前世界上最大的热带雨林，在它的怀抱里，几乎孕育着全球
百分之九十的动物品种，而植物的种类之多，更是难以数计。
这天赐的绿色王国，是全人类的无价之宝、生命之源，它不仅
为人类提供各种珍贵的资源，而且还是大地气候的调节器和最
大的氧气制造基地。我情不自禁地发出：广袤的亚马孙大森林，
从古到今，你不仅年年岁岁给人类提供新鲜氧气，而且吸纳有
害于人类的烟、瘴、污、毒之气，遏制了多少洪、旱、风、沙
之灾，你默默地哺育着大地的物种，保护着世间的生灵，你为
人类做出了巨大的奉献，人们要感激你，不能再不顾一切地去

在伊基托斯热带雨林中

砍伐你、毁坏你。而要更好的保护你，让你自在地挥洒着绿的伟力！

　　飞机启航了，在夜航中，我脑海中一直旋绕着：人类应该如何善待亚马孙大森林，千万不能再无止境地摧毁这珍贵的绿色宝藏。

印加古都库斯科

　　清晨六时，东方刚刚吐出鱼肚白色，我们离开宾馆乘车去利马机场。街上行人稀少，昨夜下了一场雨，路面还是湿漉漉的，气温一下降了好几度。一上车，我打了一个喷嚏，活泼的司机，一个中年的秘鲁男士马上说："上帝保佑！"这是他们经常说的口头语，引起全车人都大笑起来。

　　航班从利马机场起飞，沿着太平洋东岸，先向南飞，而后穿越起伏连绵的巍峨的安第斯山群峰，将近两个小时飞行，抵达秘鲁著名的山城库斯科。它是古代印加帝国的首府，海拔三千多米，是个高原盆地，嵌在安第斯山的中段，是世界第四高的城市。四周被高低起伏的一座座石山所包围，犹如绽放的莲花瓣。在印第安人克丘亚语中，库斯科一词意为"肚脐"或"世界中心"。相传在秘鲁和玻利维亚交界的的的喀喀湖的湖心岛上住着太阳神。太阳神吩咐他的儿子曼戈·卡巴克出去创业，他手里拿着根金棒，带着一些人马，翻山越岭，巡视天下。当他走入一个群山环抱的盆地时，感觉有点累，就用手里的金棒往地上一指，说"就在这里了"。于是，率领当地民众修建库斯科城。所谓"印加"就是"太阳的儿子"。曼戈·卡巴克也就成了库斯科的第一位印加帝国的皇帝。据记载，大约从十二世纪开始，定都在库斯科的印加人逐渐开始壮大，到了十六世纪，已经统治了东西宽一千二百公里，南北长四千公里，包括今天的哥伦比亚、厄瓜多尔、秘鲁、玻利维亚、阿根廷、智利等多个国家的大片领土，成为南美洲最强大的帝国，曾被称为"美洲的罗马"。

我们下榻的宾馆位于市中心的繁华地段，一座三层楼的古朴建筑，石头的房基露出地面一人多高，墙是米黄色的，屋内的房间很明亮。可是一走路，腿发软，轻飘飘的，头也有点晕。

秘鲁库斯科全景

陪同的官员说："这是高山反应，过一夜就好了，现在你们要好好休息。"住进客房后不久，服务小姐送来一杯山里特有的"可卡叶"茶，杯中有一片树叶，茶水是淡绿色的，喝后感到有点苦味，也带有清香。可卡树是南美洲印第安人种的一种灌木，生长在海拔三百米至一千八百米的温热带森林高地。可卡树的叶子是椭圆形，泡水当茶饮，不仅可以解渴，减轻困乏，而且可以降压安神。当天我们没有过多活动，第二天清晨，头脑清醒，一切都感到正常了。

上午主人安排我们参观"山鹰"古城堡。它位于库斯科城西北部高山上，乘车沿着陡峭的盘山路绕行，城堡比城市地势更高，海拔三千八百米，是五百年前印加人为保卫库斯科城而建立的，据说用了一百多年的时间才建成的。城堡方圆四平方公里，现在只留下三条长达数十米的大石城墙，是用黑色的巨石垒成的，最大的石头重达三百七十吨，高六米，都是从远处深山的石场开凿运来的。我真想象不出，在当时没有金属器具的条件下，是怎么运送到此地的。城墙的巨石与巨石之间垒砌得严密工整，没有一点缝隙，连刀片都很难插进去，真可谓是巧夺天工的奇迹，充分表现了古代印加人的智慧和力量。

在城堡的边缘，向下俯瞰，群山环抱的山城，沐浴在金色的阳光下，绿树丛中层层叠叠的红瓦白墙的建筑群和弯弯曲曲的古道，构成了一幅美丽的图景。

在库斯科参观的突出景点是太阳神庙。印加人的经济活动以农业为主，主要作物有玉米、土豆、印加小麦基诺阿等，并

在海拔三千八百米上巨石垒成的"长城"

懂得怎样修梯田和挖渠灌溉。在当时生产力低下的情况下，古代印加人对宇宙万物充满了神秘感，他们崇拜的神灵很多，因而相应地建造了很多神庙，如太阳神庙、月亮神庙、雷电神庙、山神庙、水神庙，等等。但在众多神灵中，印加人最崇拜的是太阳神。他们认为，太阳是万物的主宰，自称是"太阳的子孙"，特别崇拜太阳神。因而，太阳神庙建造得最为精美壮观，体现着优秀的印加文化。史学家说，太阳神庙规模巨大、气势恢宏。庙的四壁是用花岗岩石砌成，墙面用金板贴角，大门用黄金制就，过道用黄金铺地，太阳神像和庙内装饰用的全是黄金，故被称为"黄金神庙""黄金花园"。太阳神是众神之首，表现的形象为人形，面部如金盘，光芒四射。其妹为月神。因此，每年六月二十四日南半球"冬至"来临，太阳开始远去的时候，也是印加年历中新的一年开始，在这一天，印加人就要庆祝太阳节，举行大祭祀。遗憾的是，西班牙殖民者几百年的掠夺，神庙被洗劫一空，遗址已失去昔日的辉煌。但太阳神庙的整体建筑结构尚存，还保留着宏大的规模。从遗址中可以给人带来丰富的联想。

后来西班牙殖民者入侵库斯科，完全打乱了印加人和平有序的生活，入侵者不是冲着高山和石头，而是看上了这里的黄金财宝，印加人与黄金有"血缘"关系，印加的国土上遍地黄金，被称为"黄金之国"。金光闪闪的黄金是印加人神灵的表现，印加人过去不拿黄金当货币，只是作为无上尊贵的贡品。印加人的故事从黄金开始，也是以黄金告终，殖民者消灭了印加帝国，带给印加人巨大的灾难和辛酸的血泪。

在太阳神庙附近，有个武装广场，与利马的武装广场同名，也是个中心广场。秘鲁的许多城市都喜欢用"武装广场"这个名字。库斯科广场的中心位置于一五三九年建了第一座教堂，一五五九年又在旁边新建大教堂，直到一六六四年才基本完工，花了一个多世纪。后来它旁边又建了两个辅助礼拜堂，右侧是凯旋教堂，左侧是耶稣玛丽亚教堂。教堂里面相通，凯旋教堂是主要入门口，这是美洲最漂亮的教堂之一，其正面具有明显的巴洛克风格，充分体现了西班牙殖民时期的建筑水平。主圣坛是用银子雕琢而成，是整个教堂中最精致的作品之一。教堂内用大量金色（黄金或镀金）把昏暗的空间渲染得十分高贵。

许多精致的木雕图案把空间装扮得十分豪华，厅堂高大，变化丰富，实属不多见。让人印象深刻的还有许多巨幅油画。印加人没有文字，以结绳记事的方法储存和传递信息。擅长用画来表达许多复杂的概念，印加人的画往往就是一篇文章。

在武装广场后面还有一个大的花园广场，茂盛的草坪修剪得一丝不苟，花园的中心可以看到用草坪组成的美洲豹、秃鹰和蛇，据说，这是印加人崇拜的三种神秘动物。蛇代表地的世界，美洲豹代表人的世界，秃鹰则是天的世界。花园广场的四周，依然少不了西班牙式的拱形长廊相陪衬。在花园广场放眼望去，天边的浮云、天边的山冈，变幻莫测，这里的一切都是那样闲静，那样柔和。

晚饭后，在夕阳的映照下，我们漫步在库斯科街头。这里商业区比较集中，街道比较狭窄，好处是车辆不多，没有大城市的喧哗，给人以宁静休闲的感受。有一道迷人的风景线，那就是纯朴而憨厚的印加人，他们穿着很有特色的民族服饰，让人感到新鲜和兴奋。尤其印加妇女穿着色彩夺目而美丽的衣裙，配上绚丽的头饰，黝黑的肤色憨憨的笑容，还加上身边的小羊驼，这些场景是库斯科独有的炫色。我们在街上还看到英姿飒爽的女警察，始终微笑对着游人。

库斯科的重头戏是游览马丘比丘，那是一座神秘的被废弃了的印加古城，多少年来，一直隐藏在群山之间，它位于库斯科城西北一百一十二公里的高原上。人们说，到秘鲁不去马丘比丘等于没有来秘鲁，这虽说有点夸张，不过，马丘比丘的确

库斯科一家工艺品店

是值得去的地方。印加语中马丘比丘意为"古老的山巅"，这座古城估计建于四五百年前，由于山高路陡，丛林密盖，一直未被发现。直到一九一一年七月，美国耶鲁大学考古学家勒姆·宾加曼在土著人的引领下，经过多次考察，发现了这座古城，被称为"湮没的印加城市"。一九八三年被联合国教科文组织批准为"人类文化和自然遗产"之一。二〇〇七年七月又高票当选为"世界新七大奇迹"之一。现在成了著名的旅游胜地。

　　清晨，我们乘上由库斯科到马丘比丘的一条专为旅游者建造的高山铁路小火车，虽然全长只有几十公里，但是出城后，列车向上爬行，进入高原区。盘山越岭，曲曲折折，列车沿着"之"字形山路，时上时下，时快时慢，艰难地爬行，这给我们提供了尽情欣赏沿途风光的好机会。列车大部分是在山谷中行驶，一条碧清透亮的乌鲁班巴河，秘鲁人称为"圣河"，一直陪伴着我们，时而河面很开阔，银波荡漾，成群的野鸭在水中嬉戏。时而河床又很狭窄，层层巨石阻拦着，雪白的浪花不停地翻滚，突然我们看到一大片沦为焦土的山峰，黑色的大地似乎还有余烟，陪同的人告诉我们，这里前不久由于雷电，引起一场森林大火，连续烧了十多天，最近才扑灭。

车窗外，不断地闪过一排排高大的仙人掌，有的像巨大的盾牌，有的像钢鞭，直插天空。还有一种名叫阿丘巴亚的植物，生长在陡立的山壁上，形如扇状，色彩缤纷，有碧绿的，有橘红的，有金黄的，把整块的岩石装扮得色彩斑斓。几乎已到山谷的尽头，火车也就到了终点。我以为到了马丘比丘，其实只是到了它的山脚下，向上仰望，马丘比丘是在云雾缭绕的山顶上，山势十分陡峭，还要乘车绕盘山路上山顶。从车站到古城遗址，直线距离虽只有四百五十米，但要拉锯式地向上爬行，要来回转折十四道弯，才能到达山顶。一座高山之城才豁然出现在群峰环抱之中，展露出它神秘的面容。

马丘比丘四周群峰巍峨，森林环抱，两侧均为六百米的悬崖峭壁，奔流的乌鲁班巴河像一条白色的缎带系在脚下。来到这里，犹如进入神话世界，四周只见大山、奇石、古树、泉水，山花野草，没有人家，听不到任何音响，真乃与世隔绝，聪明的古印加人将一座城池隐藏在这样寂静的高原上，真令人惊叹。

下车后，我们迫不及待地沿着山间曲折小路快速走进古城遗址，进入第一道石门，就看到层层废弃的梯田。印加人用石

秘鲁的马丘比丘

块砌成一道道石墙，然后填上泥土，造成梯田，在地里种植玉米、土豆等农作物，这也许就是当时居民的粮食生产基地。据说，梯田从下到上由三千多级石头台阶连接。在梯田的上方，我们发现有小渠道遗迹，这是一条暗渠，印加人用石头凿成小槽埋在地下，把高山上融化的雪水引入城区。

　　进入古城区，呈现在眼前的是一个石头林立的世界，也可说是一片石头的海洋，石墙、石屋、石柱林立，一层层、一排排高低错落，纵横交织的石梯、石路与石的建筑物连成一体，街道虽然狭窄，但排列整齐有序，形成了工程浩大的石头城，气势恢宏，雄伟壮观。

　　我们来到城中心的一个长方形广场。据说这是印加人举行宗教仪式和群众性活动的场所。广场四周有大大小小的宫殿、庙宇和贵族居住区：有太阳庙、月亮庙、地神庙、水神庙、神鹰庙等。此外，还有平民住宅区、作坊、仓库、兵营、监狱、坟墓等等，层层向上、向下扩张。我们看到，有些贵族住宅的墙上，还有呈长方形或三角形的窗户，还有石砌的蓄水池，引山泉流入池中供饮水用。我们还看到一处墓葬场，守墓人的小石屋和墓穴。根据印加人的习俗，为了崇拜太阳神，他们从贵族家庭中，挑选一些才貌出众的童女，送进寺庙侍奉太阳神。她们终身在此隐居，死后也葬在这里。

我们继续沿着石梯往上走，穿过一扇大石门，来到古城的制高点。这里有一块平地，中央有一块巨大的花岗石被凿成三级平台，自下而上，呈"凸"字形，最上层立着一个菱形的石柱，石柱的四角分别指向东西南北四个方向，石柱上还刻着各种符号。据说，古城制高点这个平台有两个作用：一是作为观象台。印加人根据日影的长度和倾斜度的变化来测定时间。二是充当祭坛。印加人举行隆重仪式，进奉贡品，祭祀太阳神，祈求太阳神赐福保佑，带来光明、温暖、幸福。

在石林中穿行，我还发现一座石阶梯共有九级，连同它的栏杆是一整块巨石，利用其天然形状凿成的，其工艺的精巧，令人惊异。在当时还不知道使用铁器的时代，印加人究竟用什么工具凿成的，至今仍是个谜。

马丘比丘被群山和森林所包围，但城区却看不到多少树木，只在城中心一个小广场上见到一棵直径一尺左右的树，看上去很高大、很茂盛，周围始终都有一群观赏的游人，因为这棵树孤独而挺拔，而又有一种神秘感，引起众人的肃然起敬。有些人对着大树、对着太阳，合掌祈祷，虔诚地朝拜。

黄昏，我们才依依踏上归程。

美国

第一次访问美国

从南美到北美

美洲分北美洲、中美洲和南美洲。美国属于北美洲，墨西哥位于北美洲南部和中美洲，南美是以巴拿马运河为界同北美洲分开，也有的把美洲就分南、北美洲，不分中美洲。也有的把美国以南的整个美洲地区称为拉丁美洲。这个地区因为历史上长期遭受西班牙、葡萄牙的殖民统治，西班牙语和葡萄牙语逐渐取代当时的印第安语，成为普遍采用的正式语言。殖民地独立后，绝大多数国家仍以西班牙语或葡萄牙语为国语。这两种语言都是从拉丁语演变而来，"拉丁美洲"这一名称即由此而来。秘鲁则属于南美洲。我们结束了秘鲁的访问，将去美国，也就是从南美到北美。这是一个很大的飞跃，就是从一个正起飞的发展中国家到世界上最发达的超级大国，可以想象到我们所看到的人与事会有很大的不同。但是，在南美我们留下的印象是十分美好的。它幅员辽阔，土地肥沃，资源丰富，雨量充沛，壮美的山河，美丽的海滩，宜人的气候，绮丽的风光，灿烂的历史文化（包括玛雅、阿兹特克、印加等文化），以及许多印第安文明遗址，具有发展工农业和旅游业的巨大潜力。纯朴勤劳的人民更是发展的强大力量。

一九八八年八月二十七日晚八时，离开秘鲁首都利马，市政府官员和中国驻秘鲁的朱大使亲自到机场送行。我们依依不舍地登上赴北美的航班。经过五个多小时的飞行进入北美，黎明抵达美国佛罗里达州东南部著名的海滨旅游城市迈阿密。它是美国第四大都市圈的核心城市，是一个独具特色的民族大熔炉。这里约一半的居民为西班牙裔，受拉丁美洲族群和加勒比海岛国影响，当地居民多使用西班牙语和海地土语，与中南美洲的文化习俗关系密切，拉丁风情浓郁，又被戏称为"美洲的首都"。二十世纪六十年代，大批古巴人偷渡来美，至今居住的古巴人仍有一百多万。我们急急忙忙地办完入美手续，然后又取行李，重新托运，再转去纽约的航班，又怕误机，搞得很紧张，幸亏碰到了一位长者，他帮我们办了手续，我们给了他十美元表示谢意，彼此都很高兴。

本来在迈阿密我们不打算停留的，转机后就直飞纽约。可是上了飞机后，突然宣布飞机有故障，只有带着随身小件行李下飞机再重新换机。下机后，候机室里乱哄哄的，管理很不到位，等了许久才把新的航班落实下来。这是第一次到美国留下的深刻印象。

新的航班要三个小时后才起飞，我们只有在机场内和附近转悠。顺便也可了解一下迈阿密。迈阿密的天气有点像我国的海南省，属于亚热带气候，是美国本土冬季最温暖的城市。四季如春，阳光灿烂，没有冬天，从不下雪，非常适合老人居住，人们称它为"天堂的最后一站"。在十九世纪上半叶，这里还是荒凉小村，现在变为国际旅游中心。精心营造的海滩浴场，曲折连绵，闪闪发光的摩天大楼，耸立于棕榈林间。维兹卡西艺术馆，是宏伟的别墅式建筑，其中有意大利风格的雕塑、喷泉以及其他珍贵文物。市区内还有费尔柴尔德热带公园、蛇类展示馆、水族馆和各种稀有鸟类饲养场等。沙滩、阳光和旅游业是迈阿密的财富来源。现在经济门类众多，充满着生机。一年一度举办的划船赛、马赛、时装展览和航空表演等都吸引不少游客。预计迈阿密将成为北美洲南部最有希望的大城市。

市区附近有迈阿密大学、巴里女子学院。这个城市居民中富人特多，是全世界最富有的巨大城市之一，全美的富豪几乎在此都有置业、投资，豪华的住宅都在几千万美元之上，仅高尔夫正规十八洞的球场就有一千多个。市内有豪华旅馆四百多家，可同时接待二十万游客。这里的海滩浴场长达二十余公里，市区内外公园密布，交通和服务设施十分完善，是世界上著名的旅游城市。得天独厚的自然环境和丰富的旅游资源造就了迈阿密发达的旅游业，每年接待的国内外游客两千五百万人次，旅游业成为迈阿密的重要经济支柱。

佛罗里达州被公认为是美国具有最佳商业环境的地区之一，而迈阿密则是佛州最强大的经济力量所在地，并且是它的文化、商业和艺术创造之神经中枢。有一百七十多家国际公司已经进入迈阿密，就银行的数量而论，在北美仅次于纽约。

　　漫步在迈阿密的海滩或大街上，迎着暖洋洋的海风，欣赏着常年盛开的花木，看着各色人种来去匆匆，用不同的方式品味着人生的春夏秋冬，确实是别有一番风景。

　　迈阿密海港还是世界上最大、最繁忙的邮轮码头。全世界三分之一的游艇以此为家，有四十一家海运公司在迈阿密港提供海运服务，将货物运往世界各地。超级巨轮常年在风景如画的加勒比海和墨西哥湾等地往返游弋，每年旅客超过一千多万人次。迈阿密国际机场也是世界最繁忙的机场之一，是美国东南部最重要的国际集散港，每年航空旅客超过三千多万人次。机场范围很大，我们利用候机时间，乘坐着机场内部提供的电动车转了一圈，难得体验了一下北美洲的南国风情。

　　中午十二时四十五分，我们的航班离开迈阿密飞向纽约。

美国第一大都市纽约

从迈阿密向北飞行，经过两个多小时，下午二时五十五分抵达纽约。出机场见到桑恒康教授，他是特地从家里赶来接我们的，由于飞机晚点让他白等了几个小时，我向他表示了歉意。桑教授为人非常谦和，他是在中国西南联大毕业的。抗日战争胜利后去美国，在哈佛大学继续学习深造，获得博士学位，并留校任教，后去联合国秘书处工作。退休后，又应聘到国内南开大学定期讲学，还创办了南开大学交通研究所，任第一任所长。听说我们城市代表团要到纽约，他家住纽约，主动提出要来接待我们，并帮我们同纽约市政府联系，安排活动日程，而且全程陪同我们参加纽约的活动。他去美国虽然几十年，但丝毫看不出洋化，他为人厚道、简朴，保持着传统的中国美德，他是我结识的一位非常令人尊敬的学者和朋友。出纽约机场，我们乘车直奔事先预订的宾馆，地点是在繁华的曼哈顿。

纽约是美国最大的城市，也是闻名全球的世界大都会，享有"美国门户"和"世界金融之都"等种种美誉。在纽约居住着来自世界各地的人们，他们有着不同的肤色，不同的语言，不同的政治理念，不同的文化背景，不同的宗教信仰，不同的生活习惯。曼哈顿则是纽约的心脏，它是一个狭长的岛，形状就像一块长长的红薯，漂浮在哈德逊河和东河之间，北连纽约州的南端，南部突入浩瀚的大西洋。最初的居民是印第安人，哥伦布发现美洲大陆后，西方的殖民者接踵而至，一六〇九年，英国人亨利·哈德逊驾驶"半月"号帆船，沿河上溯，将这条河流命名"哈德逊河"。一六二六年，荷兰人用仅仅相当于二十四美元的一些珍宝首饰，从印第安人手中买下曼哈顿岛（印第安语"曼哈顿"就是"我们受骗了"之意），并在哈德逊河口开始建造城堡、教堂、交易市场和手工业作坊，命名为"新阿姆斯特丹"，逐渐发展为一个贸易发达的市镇。到一六六四年，英国殖民者率军舰开进新阿姆斯特丹海面，处于势力衰落的荷兰无力抵抗，只好将这块宝地拱手送给了英国人。英国国王查理二世将这片土地赐给了他的弟弟詹姆士·约克公爵管辖，于是，詹姆士·约克从英国自己的旧领地约克城迁移到新阿姆斯特丹并将其改名为"纽约"。"纽"英文是"新"，"约"就是"约克城"，"纽约"即"新约克城"之意，一直沿用至今。在英国殖民者统治下，纽约面积不断扩大，并发展成为北美最大的港口，波平浪静，是一个天然的良港。市区与海水互相依托，河流、运河、海湾从各个方向汇集于各区之间。一六八六年设立纽约市。

　　美国独立战争以后，华盛顿在此宣誓就职，定纽约为首都。

凭借政治中心的优势，纽约发展很快，人口迅速增加，及至一八二五年，联系哈德逊河和五大湖区的伊利运河通航，沟通了美国中西部与大西洋沿岸的经济联系，内陆地区的农牧产品和矿产资源全部依赖纽约进行贸易，使之发展为北美第一商埠。工业革命又把纽约的发展推进了一步，形成现代城市的基本格局。纽约行政上分为五个区：曼哈顿区、布朗克斯区、长岛的布鲁克林区和昆斯区以及位于斯塔滕岛的斯塔岛区。纽约大都市区包括纽约州和康涅狄格州的南部地区、新泽西州的东北部地区，人口两千多万，是美国第一大都市区，也是世界上少有的特大都市区。它对美国乃至整个世界的经济和文化发展都有着举足轻重的影响。

晚上，桑恒康教授在唐人街宴请我们，大家都很高兴。纽

从哈德逊河上看纽约曼哈顿

约的唐人街很有名气，也称"中国城"，华人移民有三十万之众，到纽约的中国人几乎是必访之地。把"中国城"叫唐人街是因为早年来美国的中国移民大多来自广东、福建，他们的先人对中国唐代的繁荣富足十分羡慕，他们在美国落脚后多自称"唐人"，他们聚居的地方也就因此被称为"唐人街"。中国向美国移民最早是从十九世纪中叶开始的。一进唐人街，首先映入眼帘的是方圆一百五十米左右的孔子广场。广场背倚一幢四十一层高的宏伟大厦，广场前屹立着一座六米高的孔子青铜像。早在十九世纪中叶，大批广东人开始移民纽约，先后在曼哈顿南端的坚尼街、勿街、包厘街和东百老汇大道附近落户，逐渐使这些地方成了早期华人移民的根据地，后来福建人也加入进来，在此安家立业。广东话和福建话成了这里的通用语言。如今，唐人街已由最初的三四条街扩展到附近纵横交叉的十余条街道。我们来到唐人街，看到店铺林立，五光十色的中文商号，令人眼花缭乱。不仅商店招牌写的是中国字，连路名也用中文标明。华人经营的有餐馆、超级市场、服装店、中文书店、中药店、印刷公司以及华人律师事务所等应有尽有。在这里，鲜艳夺目、古色古香的中国式牌楼随处可见，到处是朱门碧瓦，画栋飞檐。尤其在商店门口和店内摆放着堆积如山的海鲜、水果、蔬菜、药材和百货，各种口味的中国餐馆和形形色色的商铺比肩而立。我们是在一位广东人开的饭馆就餐，地道的广东菜，味香色美，大家吃得很开心，一再向桑教授表示感谢。

　　吃过晚饭已八时许，桑教授还热情地邀请我们去他家小叙，又请我们吃西瓜，喝绿豆汤和品尝点心。他家的会客厅很大，铺上中国的地毯，墙上挂着郑板桥、齐白石等名家的字画。郑板桥一幅横幅写着"室雅何须大，花香不在多"，齐白石画的是几条活蹦乱跳的虾，把客厅装扮得极为雅致。太太是湖南人，中等个，穿着朴素的中装，十分热情地招待大家。屋内谈笑风生，虽在异国，却感到又回到家乡，一种归属认同感油然而生。直到十点多，我们才向主人告辞回宾馆。

回宾馆的途中，正巧路过时报广场。一九〇四年，《纽约时报》把总部大楼迁移到此，广场遂得名"时报广场"。其实称为广场，实际并没有广场，而是一个交叉路口，广场大楼并不很高，可这里却是曼哈顿的娱乐中心，有成百家的戏院、电影院，先前还是色情行业的大本营。这里的夜景十分繁华，有一种说法，不到时报广场看一看夜景就等于没有到过纽约。我们正好有这个机会，大家都提议下车走一走。

纽约的街道成棋盘形，横的称街，纵的为路，也叫道。时报广场位于曼哈顿42街至52街、第6大道至第8大道之间的街区，百老汇大道从这里斜插而过。这里的街道路纵横，方位不易辨认，称之为"让游客犯晕的十字路口"，十分贴切，也称为"世界的十字路口"。广场是曼哈顿的橱窗，是纽约商业文化最发达的地方，人流滚滚，高楼林立，充满时尚与现代元素。夜晚的广场被渲染得比白昼更光亮，广场周围的建筑物，闪烁着特大电视广告屏幕和各色霓虹灯，既绚丽多彩，又光怪陆离。在这里，商业气息与高科技手段得到了完美的统一。据说，新年前夕，有超过百万的美国人和来自世界各地的游客会汇聚广场，观看象征新年开始的水晶球降落。在百万人的倒计时欢呼声中晶莹闪亮的水晶球缓缓落下，象征新年到来，此时整个广场变成欢腾的海洋。在光彩夺目的焰火中，伴随着激情的音乐，数以吨计的彩纸彩带从周边高楼上飘落，好像漫天飞雪，使人欢欣雀跃。

来到纽约的第一个夜晚，看到五光十色的广场夜生活，令人印象深刻。

第二天上午九时，代表团成员去纽约市政府拜会市长郭德华。他是位犹太人，高大的个头，身体很壮，头发有点花白，性格很开朗，他在办公室里热情地接待了我们。他首先大体介绍了市政府的机构情况，同时询问了一些中国城市的情况，他对女市长徐燕感到很惊奇，他从来没有想到中国还有女市长，似乎认为女市长很难得的。他直率地对中国计划生育提出看法，认为"一孩政策"可能会起副作用，会使"重男轻女"情状更加严重，将来成为一个阴衰的社会。徐燕市长回答说：中国人口多，不适当控制会带来很多问题。闲叙之后郭市长向代表团成员每人赠送官方领带一条。然后他派官员陪我们参观市政厅，这是一座一八一一年的建筑，人称"纽约的白宫"。这座乳白色的四层小楼，是以文艺复兴时期的法国建筑物为蓝本。门前有喷泉、花坛和树丛，室内有瑰丽的壁画、雕塑和盆景，家具也比较古老。走出市政厅，我们又到人事局访问。负责的官员告诉我们，纽约市政府雇员共有八百多人，随着市长更换变动而变动的有一百多人。高级和基层的雇员不要考试，中层的需要考试，择优录取。十一点半，我们到预算管理局。全年有二百五十亿美元由这个局提出预算分配，然后经市预算委员会通过。教育经费约占预算的四分之一。

中午，《华侨日报》谭董事长邀请我们去报社参观，并在一家中餐馆请我们吃便餐。由于时间匆忙，没有来得及畅叙，只是简单地略诉乡情。谭董事长希望我们在纽约多看看，多了解这个城市的方方面面，他认为这个城市很有特色，很不一般的。

下午两点，我们又去纽约都市规划局访问。纽约五个区，面积有八百二十三点八平方公里。纽约市长和五个区长组成规划委员会，决定城市建设的重大问题。全部有五十个居民社区，每个社区有个委员会，单位、个人要建房先向规划局申请批准。所以规划局的任务也是十分繁忙。我们在局长的办公室，观看了规划图，与一九六一年有个很大的变化，过去高楼旁阴影很大，现在规定高层建筑周边要植树，有的大楼旁要有花园，要有地方给孩子玩，这很受欢迎。这对我们搞城市工作的也很有启发。这一整天，我们从拜会市长、去政府几个主要部门座谈交流，收获很大。

第三天，我们在桑教授的陪同下，首先参观纽约港，港务局长负责接待。我们在繁忙的港口细细地观看，听了关于港口的介绍。然后去曼哈顿南端的炮台公园搭乘渡轮往自由岛，观赏自由女神像。炮台公园，顾名思义，这是昔日的炮台，当年是纽约的海防前哨，如今炮台已撤去，改成公园，供人休憩。

从炮台公园，每半小时有一班船发往自由女神岛，送游客去观赏自由女神的丰姿。这座自由女神像是法国艺术家巴尔托迪设计，令人叫绝。美国独立战争期间，法国曾是美国的盟友，自由女神像就是法国人民为纪念美国独立一百周年送给美国人民的礼物。一八八五年，女神铜像在巴黎分体制作完工，然后装箱运至纽约，一八八六年十月二十八日在纽约湾靠近新泽西州的自由岛上组装建成，当时的美国总统克利夫兰曾亲临现场主持揭幕仪式。自由女神像连同底座高近一百米，总重

自由女神像

二百二十五吨，是当时世界上最高的纪念性建筑。女神像穿着古希腊风格服装，头戴光芒四射的冠冕，七道尖花象征七大洲，右手高举十二米高的象征自由的火炬，左手紧握象征《美国独立宣言》的书板，一只脚下散落着断裂的锁链，另一脚下抬起做行进状，象征美国人民挣脱暴政的约束和争取自由。

　　渡轮渐渐接近自由岛，自由女神像越来越清晰了，越近，她的身姿越加伟岸，屹立在水天之间，气宇轩昂，神态刚毅，让人肃然起敬。我们急忙举起相机拍照留影。渡轮靠岸后，我们登岛先到女神像处就近瞻仰。女神像不仅高大宏伟，而且内部设计也别具匠心，女神像外实内空，底座内有供游人参观的展览厅和影像馆，用大量的史料、图片、实物，向游人详细介绍女神像的历史和现状。中空的女神像内部分为二十二层，有电梯可达十层，再上面就是几乎垂直上升的一百七十级螺旋形阶梯，有兴致的游人可攀登到雕像的最高层女神头冠窗口，凭窗俯视对岸的纽约城。我们只是在下面观赏，没有攀登。接着就在自由岛上漫步，转了一圈。

　　返回曼哈顿时，天色已近黄昏，但大家的兴致很浓，要观赏一下世界的最高楼，即世界贸易中心，一九七三年竣工。这是全世界数百家财团和公司所在地。两座巨大的方形大柱式的高楼呈现在我们面前，楼高四百十七米，每座边长六十三点五米。两座主楼呈方形，同样大小和高度，如孪生兄弟，并肩而立，直插云霄，俯视万物。主楼采用钢结构，外壁用铝合金和大板玻璃，太阳光照耀下，整个楼体熠熠生辉。大厦的特殊造型和光泽,给人一种壮丽美和充实美。我们买票乘电梯先直达一百层,然后再乘专用电梯至一百零七层,在此可瞭望纽约全市,只见高楼林立,鳞次栉比,真是名副其实的"水泥森林""站着的城市"。道路纵横交错,车辆像蚂蚁爬行,向下看久了我感到头有点发晕。没有想到二〇〇一年九月十一日上午九时前后,两座高楼被恐怖分子劫持的两架大型客机先后拦腰撞击,竖立长达三十年的建筑艺术杰作,瞬间变成一片火海。十一日当晚(北

纽约世界贸易中心的两座最高大厦("9·11"被毁)

京时间）我在第一时间从电视里获此惨讯，更加引起我对两座塔楼的无限怀念，为死难的无辜深感悲哀。

第四天清晨，桑教授很早就来宾馆，陪我们吃早餐，他说"今天我们去联合国大厦，早点去，可以多看看"，他对联合国大厦比较熟，因为他在那里工作了几年，现在还有一些熟悉的同事。

联合国大厦位于曼哈顿区第1大道与东河滨之间、第42街到48街之间的一块七万二千九百平方米的地段上，环境幽雅，空气清新，毫无曼哈顿商业区的繁荣嘈杂气氛，是一块由联合国警察守卫着的不属于任何国家的"国际领土"，为名副其实的"城中之国"。

这个"城中之国"的设计团队由美国人沃里斯·哈里森担任总建筑师，成员来自十一个不同的国家，中国的著名建筑师

与桑恒康教授在纽约世界贸易中心大厦顶层

梁思成就是成员之一。一九四五年十二月十日，美国国会通过一项议案，决定邀请于同年十月二十四日成立的联合国到美国设立永久性总部。一九四九年二月十四日，在伦敦举行的联合国大会同意接受美国的邀请，到纽约设立联合国总部。一九四六年底，美国大财阀洛克菲勒捐赠八百五十万美元，联合国用此款购买了东河之滨的土地，同时，纽约市政府将这块地皮邻近的一些土地和当中插花地也无偿地赠予了联合国，使其相连成片，并给予海岸权和通行权。一九四七年，美国与联合国签署了特权和豁免规定，承认"国际领土"的特殊地位。一九四九年十月二十四日，联合国成立四周年之际，举行了联合国大厦奠基仪式，奠基石上的"联合国"字样，分别用联合国五种官方文字（中文、英文、法文、西班牙文和俄文）镌刻。一九五〇年八月，联合国秘书处大楼竣工，此后，又经过两年的建设，联合国总部建筑群全部落成。

联合国大厦由三座主要建筑物组成，即联合国大会大厦、联合国会议大厦、联合国秘书处大厦。周围是一片碧绿如茵的草坪，总部正面飘扬着一百九十二面五颜六色的成员国国旗，蔚为壮观。院内的主旗杆上是天蓝色的联合国国旗，旗上有橄榄枝围绕着地球的白色图案，象征着和平、友好、合作、协调的联合国宣言宗旨。附近还有表达联合国以争取世界和平为宗旨的"让我们把军刀铸成犁头"的青铜雕塑。当我们乘车抵达大厦进门处，桑教授的朋友，在联合国新闻部工作的郑先生已在门口等待我们，他热情地引领我们进大厦参观。

进入大厦，首先见到的是历届联合国秘书长的肖像。然后观看大厅四周陈列的说明联合国宗旨的图片。秘书处大楼北侧，是状若天穹的联合国大会堂，整个建筑结构呈斜坡状，顶端是蘑菇状的巨大圆顶。蓝、绿、黄三色相间的大会堂共有三层，首层是联合国会议大厅，每年九月联合国例会期间，上百位国家元首和政府首脑会站在大会堂的讲台上发表讲话，场面极为壮观。讲台下面，在由低到高的梯形地面上，有几十排弧形的长条会议桌，供各国代表开会时使用，每个代表团有六个座位。今天没有大会，郑先生带我们进了大会堂里面，我们还在中国代表座位上坐着照了相。然后，带我们去参观了举世闻名的安理会议事大厅。安理会虽然只有五个常任理事国和十个非常任理事国组成，但它的会议厅却很大，安理会成员国的代表坐在

联合国总部大厦前的雕塑。枪卷起来，象征和平

中间一圈，安理会成员国的工作人员坐在外一圈，联合国秘书处的工作人员坐在最外一圈。马蹄形的会议桌上按英文字母顺序摆放着当月安理会成员国的席位牌，每月按逆时针方向向前轮换一个席位。安理会轮值主席后面的墙上，是一幅由挪威艺术家创作的壁画，画中有一只从灰烬中再生的长生鸟，象征着世界在第二次世界大战后的重建。在国际和平与安全问题上，联合国宪章赋予安理会至高无上的权威。作为世界"重大疾患的急诊室"，安理会是整个联合国系统唯一具有强制力的决策机构。而真正制作、协调和演绎剧目的发生在与安理会大厅一墙之隔的另一间狭小拥挤的会议室里，这就是安理会的非正式磋商室，面积只有五十平方米左右，它对外不开放。

从安理会会场出来，我们就去休息厅，看了许多国家馈赠的艺术品。中国赠送的绣着阳光淋浴下的万里长城栽绒壁毯，极为引人注目，我们在这里照了相。另外，还有两件中国的赠品：一件是象牙的艺术雕刻"成昆铁路图"；一件是青铜大鼎，命名为"世纪宝鼎"。接着我们又去大厦的地下层，这里是公共活动场所，设有邮局等，我在这里买几套联合国的纪念邮票，这是集邮爱好者所珍视的，因为只允许在"城中之国"内使用，市面上买不着。

出联合国大厦，我们就急忙回宾馆，忙着整理东西，因为傍晚要乘机去华盛顿。纽约要看的地方很多，但华盛顿活动的日程已安排，所以只有去华盛顿后再返回纽约。

美国的政治权力中心华盛顿

华盛顿简称为华府，位于马里兰州和弗吉尼亚州交界处。为了纪念开国元勋华盛顿和发现新大陆的哥伦布，故定名为华盛顿哥伦比亚特区，是美国的政治权力中心，美国的首都。是我们这次访美要到的一个重点城市。

一九八八年八月二十九日下午五时，我们从宾馆乘车赶到纽约机场，天下着毛毛细雨，航班延迟，晚上七时十五分起飞，是一架可乘四十多人的小飞机，沿着大西洋海岸飞行，经过一个小时的航程，八点二十分抵达华盛顿，市政府派了一位黑人妇女官员来机场接我们。她热情地把我们安排在麦迪逊特五星级宾馆，这个宾馆设备很好，有八十多年历史，房屋内部古色古香，市政府可以免费接待我们两天。

我们每人住一间很大的房间，床很大，配有整套的沙发和写字台，盥洗间也很大，摆满了各种化妆品。吃过晚饭，我在饭店附近转了一圈，给我的第一印象是：这是一座清洁、美丽的绿色城市，与纽约的五颜六色、灯光闪烁、拥挤、喧哗大不一样。这里没有"水泥森林"的高楼大厦，没有工厂，看不见林立的烟囱。没有什么大公司、大银行，这里纯粹是全国的政治中心。国家各个部，外国大使馆，重要的纪念馆、国家图书馆、博物馆等都云集在这里。城市环境幽静，空间疏朗，道路宽阔，绿树成荫，喷泉随处可见，布局十分雅致。由于这一天的活动很多，比较劳累，我没有走太远就回宾馆休息了。

　　吃过早饭后，市政府来了一位官员，陪我们代表团到市政府相关部门并拜会领导，日程安排得很紧凑。八点五十分先到华盛顿城市建设处，交谈了一会儿后，又去了交通局，局长同我们见了面。他讲，他们交通局不仅要负责华盛顿市区的公共交通，还要负责哥伦比亚区，既有地面上的，还有地铁。有八百八十辆公共汽车在市中心跑，地铁有三十三个车站。每年政府补贴占总开支的百分之四十。但局长表示钱还是不够用，常常要负债。局的主要任务是要把钱花在值得花的地方，要提供市民满意的服务。接着局长陪我们参观华盛顿地铁。进入地铁，我们第一感觉是跨度大，空气流通，而且很清洁。因为已过上班时间，乘客不是很拥挤。由于上午活动安排很多，我们没有乘车，而是很快返回市政府。到了规划委员会，他们给我们每人准备了一套详细资料，既有华府国都设计委员会的，又有市政府规划委员会的。华盛顿的人口大部分是流动的，联邦政府成员白天到华府办公，晚上就住在附近的州。全城的规划和各区、单位的规划是不同的，有的着重于就业，有的在于某个方面的服务，各区因地制宜。全城有个整体的发展规划，各个区也有规划。

　　华盛顿，十八世纪八十年代前，还是一片灌木丛生之地，有些村几百人家散布其间，很早以前有印第安人在此居住，这里没有被人引起重视。美国独立战争胜利后，大陆会议经过多次讨论，深孚众望的独立战争领导人、美国第一任总统华盛顿亲自选定城址，将新都设置在南北方的天然分界线——波托马克河畔。一七九〇年定都后，开始城市规划与建设，华盛顿聘请了参加过美国独立战争的法国工程师皮埃尔·夏尔·朗芳负责新首都的建城设计方案。华府的主要职能是全国的政治中心。一七九三年开始兴建，到一八〇〇年第二任总统亚当斯正式把首都从费城迁来时，居民仅有三千人，放眼望去，大部分地方还是农田或荒野、沼泽、牧野和森林，到处一片泥泞，没有任何铺过的路面和路灯，寥寥的三百余栋的木房子拱卫着新落成的白宫。但当时亚当斯总统夫人艾比盖尔却非常有眼光，她惊叹道："这是多么美丽的地方，有着足够的发展余地。对于这片土地，我越看越感到快慰。"

　　当时的白宫许多地方未经修饰，相当粗糙，而且几乎不加戒备，任何人都可自由出入。据说，有一次，一个醉汉闯了进去，公然在沙发上睡了一夜。尽管如此，经过二百多年的建设，时至今日，华盛顿已成为拥有三百多万人口，绿树成荫，繁花似锦的世界著名的现代化大都市。在华盛顿就业人口中，政府机关人员占百分之五十三，商业职工占百分之十二，服务业人员占百分之三十二，工业人口仅占百分之三。全市人口还有两个显著特点：一是黑人的比例越来越高，受教育程度也较高；二是女性比男性多，特别是在政府机关中，女雇员特别多。同时，华盛顿科学家和受过高等教育的技术人员所占比例在全国各城市中居第一位。

华盛顿市中心街道布局有点像北京的特点，正东西、正南北。东西的街道二十二条，由南向北按英文字母循序排列；南北向的街道，也有二十二条，由东向西按阿拉伯字母循序排列。还有些斜街，则以州的名字命名，穿插其间。在十字街和交叉路口，则建设圆形广场，竖立历史人物铜像，辅以喷水池、花卉、树木。城市显得庄严、雄伟而美丽。更突出的是城市没有很高的大楼，城中心最高的楼是国会大厦，也只有八十七点六五米，后来规定，市区的建筑高度一概不许超过国会大厦，这就控制了高楼林立。但是华盛顿的建筑风格却是多样化，有希腊式的、罗马式的、法国式的、英国式的。国会大厦就有点古罗马的哥特风格，林肯纪念堂就有点多利安式，白宫就是英国乡间别墅风格。其他的许多建筑都各有特色，不是千篇一律。公共建筑大都是联邦政府出钱，市里出土地，联邦政府也有自己的土地，大约有四分之一的土地是属于联邦政府的，市政府不愿意他们拥有太多。为了建筑的需要，私人的土地，政府可以强行征购。

上午十一时半，我们与市领导会见，市长是一位黑人，由于出国访问不在家，一位副市长会见我们，他介绍了市政府机构情况：市长一位，副市长有三位，市政府行政内阁阁员十八名，分工负责各部门的工作。市议会有十八名议员，选举产生。市政府雇员六百名由市长任命，而且随市长变迁而变化，全市整个工作人员有五万多人，其中司法、教育机构就占一万二千人，其余三万多人分配在各单位。副市长说，华盛顿市政府与国会、联邦政府有特别的关系，市政府的预算和财政计划一定要得到国会和总统批准，国会也资助一部分，联邦政府拨款大约占城市总收入的百分之十六，其余百分之八十是靠税收，主要是所得税、营业税和财产税。他还谈到，现在一个大问题是养老金的增加，负担越来越重，二十年内会增加更多钱。他认为这是很值得研究的。会见中他说了一句很精彩的话，他说："我们的工作最重要的是选择最好的人才，做好为城市居民服务的工作。"

会见结束后，在政府大楼内的一个餐厅里简单地吃了午饭。这一点使我很感动，不像我们接待外宾那样隆重。这一点很值

会见华盛顿常务副市长

得学习。

　　下午两点一位负责环保的官员陪我们去参观污水处理厂。这个厂在郊区，规模很大，有十六个污水池，日处理污水三十万吨，分离百分之七十五的清水，可以养鱼；百分之二十五的杂渣，一部分做肥料，一部分做建材原料，投资费用百分之十可回收。这座污水处理厂全是自动化作业，工人很少，据说，一年的费用需五千万美元。

　　参观污水厂后回到宾馆，休息片刻，市府的一位女士带来一辆旅游车，要我们乘车游览华盛顿市容和华盛顿纪念碑及林肯纪念堂。先游览了使馆区，也就是丛林区，这里环境特别好，每个使馆小楼都在青翠绿林中，树木成片、成林，种类繁多，而且各个建筑各具特色，当时中国新使馆还没有建，原使馆还在市区的一个街区。接着，我们的旅游车开到了商业区和行政区。华盛顿的街道有两条主轴线是相互交叉的，一条是从国会大厦沿着摩尔山延伸，另一条是宾夕尼亚大道。两条宽阔美丽的大道，许多特色建筑，构成华盛顿的中心。华盛顿纪念碑就在宾夕尼亚大道旁国家大草坪中部，微微隆起，绿草成茵的一座人造高地上，与白宫遥遥相对。车可以开到纪念碑前，我们下车前往瞻仰。

　　这座纪念碑从一八四八年开始建造，到一八八五年才完工。高一百六十九米，底部直径约二十三米，是首都华盛顿的第一地标，是一座空心的白色大理石的建筑，外形像火箭。观众可以乘电梯升到塔顶，俯瞰全城。我们由于时间关系没有乘电梯

华盛顿纪念碑

到顶部。据介绍，华盛顿纪念碑内八十三点五米高处的内壁上，镶砌着一块中文石碑，它来自中国，于清朝咸丰三年（一八五三年）由浙江宁波府负责镌刻，然后赠送美国，作为向华盛顿纪念碑的献礼。有趣的是，华盛顿纪念碑这座庄严的标志性建筑物上没有任何文字，也许设计者认为，人们对乔治·华盛顿总统的敬仰和怀念之情是难以用文字来表达的，所以造了个无字碑，一切留给人们自己去想象。华盛顿纪念碑如一把利剑直指苍穹，锐气逼人，日月同辉，给人们留下深刻印象。

距华盛顿纪念碑不远，大约三百米左右，位于华盛顿国家大草坪的西端，就是一座用洁白的花岗岩和大理石建造的仿希腊神殿式的林肯纪念堂。整座建筑呈长方形，长约五十八米，高约二十五米。三十六根白色的大理石圆形廊柱环绕着纪念堂，象征林肯任总统时拥有的三十六个州（当时美国只有三十六个州）。每个廊柱的横楣上分别刻有这些州的名字。我们进入纪念堂，迎面见到正中的一座林肯座像，由二十八块大理石组合雕塑而成。他身穿西服，坐在沙发上，双手平放在沙发的扶手上，双脚弯曲，头部平直，双眼前望，神态严肃，表情敏锐而谦逊，眼神忧郁，陷入深思。林肯座像头顶部墙上题词是："他在此如同长存于人民心中，他曾致力于维护人民统一。亚伯拉罕·林肯永垂不朽！"纪念堂南北两侧墙上，刻着林肯第二次就任总统的演说词和他的葛底斯堡演说词，在葛底斯堡演说词中，他提出了"民有、民治、民享"的著名观点。雕像从底座到头部，高约六米。我们在他像前留影、深思。可惜，这位伟人五十六

林肯纪念堂

岁就被反对解放黑奴的奴权主义者杀害，但是他的名言"所有的人生来都是平等的"却永远长存。

从林肯纪念堂出来，我们又去了就在附近的杰斐逊纪念堂。杰斐逊是位民主的启蒙思想家，美国的开国元勋，杰出的政治家，是美国第一任国务卿、第二任副总统、第三任总统。一七七五年，莱克星顿一声枪响，美国独立战争拉开序幕，在第二届大陆会议时，年轻的杰斐逊在没有多少文献可供参照的情况下，以气势磅礴之笔，写下了美国历史上重要的文献《独立宣言》，向全世界庄严宣告："人人生而平等，都被造物主赋予了某些不可让渡的权利，其中有生命权、自由权和追求幸福的权利。"杰斐逊相信理性适用于大自然，也适用于社会，他一生所追求的是运用理性来使人类能够得到一个较完善的社会。他相信"知识就是力量，知识就是安全，知识就是幸福"。

由于杰斐逊生前酷爱罗马古典风格的建筑，所以为他建造的纪念堂，也同样采用古罗马神庙式建筑风格。一九三八年，在时任总统罗斯福的主持下开工，历时五年，于一九四三年杰斐逊诞生二百周年之际竣工，并对外开放。这座建筑高约三十米，北面是大斜坡台阶，门前是一组庄严的大理石浮雕。踏上七点六米高的石阶，就走进了纪念堂，地面铺以粉色和灰色相间的田纳西大理石。洁白的穹顶是用印第安纳花岗岩构造的。杰斐逊的立像在纪念堂的中央，身后的面壁上刻着杰斐逊生前的名言："我已经在上帝圣坛前发过誓，永远反对任何形式的对人类思想的专制。"纪念堂的围墙上还镌刻着杰斐逊起草《美国独立宣言》的部分文字。撰写《独立宣言》时他年仅三十三岁。看到杰斐逊二百多年前的精彩论述，不得不引起人们的感叹和敬仰。杰斐逊纪念堂简洁明快，朴实大气。平日里，不少人群来此参观凭吊；在樱花盛开的初春，更是游人如织，往来不绝。绯红的樱花，蓝色的湖水，白色的纪念堂，与五颜六色的人群交织在一起，构成了一幅流动精美的赏花观景图，让人流连忘返。

晚上七点，我们去华盛顿唐人街成吉思汗餐馆吃晚餐。唐人街的正门有一个大牌坊，是一九八四年五月，华盛顿与北京市建立友好城市，两市政府合作兴建的跨街大型牌坊，金色琉璃瓦顶，汉白玉牌匾上是著名中国书画家吴作人题写的"中国城"三个鎏金大字，整个牌坊有二百七十二条金龙盘旋。很像北京市过去古典式的城市牌楼，气魄雄伟，又富有中国元素。唐人街夜晚很繁华，灯光闪烁，游人熙攘。不仅中国游客多，而且各色皮肤的外国人也很多。我们的晚餐主要是吃蒙古烤肉，这种吃法很特别。自己挑选切好的生羊肉、猪肉、牛肉以及相配的菜和调料，口味轻重、酸辣全由自己定，装在一个盘子里，交给放在餐厅中央一个大平锅的厨师，他当你的面在平锅上爆炒一下就给你。然后自己找个座位坐下品尝，吃完了可以再去选，不限制，有点像吃自助餐一样。但是不同的是味道由自己配。我每一种肉都尝了一下，先后爆炒了三盘，吃多少不受限量，每人付二十五美元。这种吃法生平还是第一次。

华盛顿的中国城还保留着不少中国传统习俗。尤其到过春节时这里最热闹。人们舞龙、耍狮子、敲锣鼓、放鞭炮，引来许多游客。

饭后，回宾馆，休息片刻，简要地写了一天的活动，真感觉累。洗澡后，上床就呼呼大睡。

第二天清晨，天气晴朗，七点多钟我就醒了，拉开窗帘，送来一片灿烂朝阳。我急忙盥洗后，走上阳台欣赏华盛顿的晨景。只见街道人群忙碌，但不拥挤，商铺大都没有开门，而楼内的灯仍闪闪发亮。早饭后，上午九时，市政府来了一位女官员陪我们去参观白宫。

白宫是美国的总统府，位于宾夕法尼亚大道 1600 号，一座三层高的楼，始建于一七九二年，由美国首任总统华盛顿选址并亲自奠基。一八〇〇年，主楼基本完工，从第二任总统亚当斯开始迁入后，历届总统都在这里办公和居住。但在一八一四年第二次美英战争中曾遭英军焚毁。一八一七年重建时，为了掩饰火烧的痕迹，灰色的沙石外墙上涂上了一层白漆，于是有了"白色的房子"的称谓。一九〇二年，第二十六任总统西奥多·罗斯福将总统府正式命名为"白宫"，后经多次改建，成为今天的样子。

白宫共占地七点三万多平方米，由主楼和东、西方两翼三部分组成。白宫带有浓厚的英国建筑风格，又在随后的主人更替中一层层融入了美国建筑的风格。朴素、典雅，构成白宫建筑风格的基调。主楼一层的北面是白宫的正门，进门后是大理石结构门厅。大理石的墙、大理石的地板和许多大理石的柱子，气魄宏大，宽敞明亮，四周墙上挂着二十世纪以来美国总统的

白宫

肖像。我们依次穿过东大厅、绿厅、蓝厅、红厅和宴会厅。东
大厅是白宫中最大、装饰最富豪气派的厅堂，长约二十四米，
宽约十一米，高约二点五米，可容纳二百多人。这里有敞亮的
落地长窗，光洁的橡木地板，巨型的水晶吊灯和台灯，桃木钢
琴的琴腿上雕饰四只金鹰，墙上挂有十八世纪名画家吉尔伯特·
斯图亚特的传世名作——巨幅的油画华盛顿及其夫人的全身像。
这里曾是美国总统及其亲属举行婚丧大事的会场，一八六五年
四月，林肯遇刺后的灵柩曾停放在这里。从那以后，美国共有
七名总统死在任上，他们的灵柩都曾在东厅停放。现在，此厅
供美国总统举行宣誓就职仪式、记者招待会、酒会、圣诞舞会
等使用。有时，逢节日和周末，也请文艺和体育界的名流在此

演出和表演。

绿厅较东厅小得多，因以绿色基调装饰而得名。四壁有绿绸装饰的水彩画，地上铺的是十九世纪的土耳其绿色地毯。厅内陈设具有美国早期风格，挂有十八世纪苏格兰画家大卫·马丁画的本杰明·富兰克林的肖像。现在，此厅是总统客厅，有时总统也在此举行正式酒会。蓝厅以蓝色调著称。窗帏是蓝色的，座椅靠背和坐垫是蓝色的，窗外的天空这时正巧也是蓝色的。厅内有一块十九世纪中国地毯，七把法国镀金椅子，一对十九世纪路易十六时代的镀金桌子等名贵之物。在中间窗户的右侧墙上，是一幅托马斯·杰斐逊的胸像油画，左侧挂着美国第七任总统杰克逊着军服的画像。站在蓝厅的南窗前，白宫南草坪尽收眼底。红厅多由总统夫人使用。厅内四壁上红绸水彩画同由斯图亚特画的麦迪逊总统夫人朵拉的红色肖像相辉映。蓝厅和红厅都处于中央生活区，圣诞节将近的时候，这几间屋子里安置了高低不同的圣诞树，树上布满金色小彩灯，挂着许多圣诞小礼品。

国宴厅是白宫的第二大厅，以其华丽的装饰和精致餐具著称。桌椅家具全为橡木所制，可同时宴请一百四十位宾客，是举行国宴的地方。厅中设计与装饰均采取十九世纪初叶英式风格。墙壁中间悬挂着林肯的肖像。

白宫西翼是总统的办公区域，这才是真正的权力之地。椭圆形总统办公室名闻遐迩。办公室的布置由各任自己决定，但办公桌后面右边的美国国旗是固定不变的。椭圆形办公室南窗外，是著名的玫瑰花园，总统经常在这里会见外宾，也是主人散步的地方。但这个区域不对外开放。我们没有去参观。白宫楼南的南草坪，是举行欢迎外国首脑国事访问的正式仪式的地方。白宫周围没有高墙，只有不很高的铁栅栏，路人可以在栅栏外向院子里张望，无人干涉。当然，如果要爬越栅栏，那就会立刻被拘捕。

　　从白宫出来，我们就去国会大厦。所谓国会大厦就是美国国会的办公大楼。它位于华盛顿市中心的一处高地上，因在其上修建了国会大厦，故名国会山。国会大厦始建于一七九三年九月，美国首任总统乔治·华盛顿亲自破土，为国会大厦安放奠基石。一八〇〇年，部分建筑开始使用。一八一四年，

国会大厦

英军一度攻占华盛顿，把国会大厦付之一炬。一八一九年重建，整个建筑于一八六七年完成，其后又不断修缮扩建，直到一九五〇年，才形成目前的规模。

国会大厦用白砂石和大理石砌筑，是一座三层的平顶建筑，中央是一座高高耸立的圆顶，也分三层。圆顶上还有一个小圆塔，塔顶直立着约五点八米高的自由女神铜像，她头顶鹰冠，身着长袍，右手持剑，左手扶着花环盾牌，永远眺望东方太阳升起的地方。大厦全长二百三十三米，是一座大教堂式的巴洛克建筑，大厦整体显得巍峨、圣洁、庄重。它是美国最高立法权力的象征。美国是联邦制国家，实行三权分立，三方互为制衡的政治制度。根据分权与制衡的原则，国会负责立法，总统掌管行政，法院行司法之职。三方责权分明，互为制约，以达权力平衡。

我们先进入中央大厅，它宽敞高大明亮，金碧辉煌，这里可容纳两三千人。大厅正中间圆顶上的中心画《天堂中的华盛顿》，画面上乔治·华盛顿居于自由女神和胜利女神之间，他们两旁绘有十三个欢乐女神，代表美国建国时的十三个州。四周墙壁上都是巨幅的油画和壁画，用绘画的艺术语言，记叙了从哥伦布发现新大陆、美国独立战争到阿波罗输送太空船的登月之旅等美国历史上的重大事件。圆形大厅的南侧，安放着五十一尊美国名人雕像，以示后人对先辈的怀念和尊敬。

美国国会是由参议院和众议院组成，是国家最高立法机构。参议员共一百名，实行各州代表权平等原则，每州两名，由各州选民直接选出，任期六年，每两年改选三分之一。众议员有四百三十五名，按各州人口比例分配名额，由各州选民投票选举产生，任期两年。美国虽然实行多党制，但叱咤风云的政党只有两个，即共和党（俗称象党）和民主党（俗称驴党）。

从参议院通往众议院有一条直通的长廊，两旁有意大利名画家绘制的壁画，把美国全国的花草树木、飞禽走兽组成图案，堪称杰作。美国众议院大厅位于国会大厦的南翼，参议院议事大厅则在国会大厦的北翼。如果国会大厦的南翼挂着美国国旗，那一定是众议院在开会；反之，如果大厦北翼升起了国旗，那表明美国参议院正在议事。众参两院南北相对，遥相呼应，构成了美国政坛的一大特色。若恰逢国会议会开会，参观者可以坐在议会大厅楼上旁听，但不准照相和大声喧哗，如有违反规定者当即被制止或赶出大厅。

在大厅的地板上，有一个铜制的标记板，是著名的众议员约翰·昆西·亚当斯在工作时发病倒下的地方，他是第二任总统亚当斯的儿子，一八二五年至一八二九年也当选为总统，后当选为马萨诸塞州国会众议员，连选连任，共当了十八年众议员，八十一岁时在国会大厦中风，两天后辞世。为了纪念他，在他倒下的地方安置了一块铜牌。

国会大厦四周是绿茵茵的草坪和浓荫密布的树林，西面有一大型水池，水波云影，生机盎然；遥相呼应在一条中轴线上的是华盛顿纪念碑和林肯纪念堂。大厦东侧，有一个宽大的平台，美国当选总统的就职大典大都在这里举行。国会大厦旁的纪念碑上还站着两个人物，一位叫"悲伤"，一位叫"历史"，这是告诫人们，战争留给人民悲伤，应牢记战争的历史。

走出国会大厦时，已到中午，我们在国会大厦附近的一家湖南馆吃了午饭。老板是四川人，他为我们几个人配了七个菜，还有一些小吃，大家都吃得很舒服，很满意，共花了一百美金，应该说是比较便宜。

饭后，我们去参观坐落在国家大草坪旁的国家航天博物馆。整个博物馆外壁用大理石和玻璃幕墙做成，是世界上航空和航天科学技术方面收藏品最丰富的博物馆，涉及的领域包括航空学、宇宙航行学、地球和行星、航空史等，航空博物馆展示了人类征服太空，探索宇宙的科学历程。这个馆的突出特点是主要展出原机或备用品为主的实物，只有很少一部分是复制品。在宽敞高大，气势恢宏的展厅里，陈列着航空发展史上不同阶段的具有里程碑意义的各类飞机和各种型号的导弹、火箭和宇宙飞船等，以及各种与原物成一定比例的模型，还有著名的飞行员和宇航员用过的器物。我感到最有趣的是游人可以步入登月舱，体验一下飞往月球的感觉。再就是可以用手去触摸一下一九七二年十二月乘坐"阿波罗17号"的美国宇航员从月球上采集的一块石头。可这要排队啊，我们愿意排队也不放弃这个机会，我终于摸到了这个从外星球带回来的宝贝。这块石头呈三角形，边宽大约有四至五厘米，是黑色的，手摸上的感觉是坚硬无比。科学家认为它的年龄已超过四十亿年。

大厅里还悬挂着美国北部小城的怀特兄弟一九〇三年发明的世界第一架飞机。在展馆的西侧展区，该馆还收藏了各类真正的飞机、直升机二百多架。总之，这个博物馆的展品非常之多，还有全景的立体电影、航天影视片等，我们都没有时间去看，因为晚饭前要赶回宾馆，当天晚上我们要离开华盛顿去费城。

美利坚合众国的诞生地费城

晚八点二十分，我们乘火车离开华盛顿，十点钟到达美利坚合众国的诞生地,著名的历史文化名都费城。我的朋友肖先生，动员全家四个子女，一人开一辆车到车站接我们，其实要是合起来坐，两辆车就可以了。肖先生原来是在台湾做生意，改革开放后，来大陆做生意，由于孩子都在美国读书，所以，他又到美国做生意。听说我来美国，而且要到费城，他一定要来接待我们。当天晚上把我们送到一个印度人开的饭店住下，这个饭店的条件还不错，在市中心，交通很方便，离我们要参观的地方也不远。

费城是华盛顿和纽约之间的一座古城，在美国独立前，曾是美洲大陆上最繁华的港口城市，始建于一六八一年，是一座历史名城，也是宾夕法尼亚州的最大城市。背靠阿巴拉契亚山麓台地，面临特拉华河，隔河与新泽西州的卡姆登相望。它是美国革命的发祥地，许多具有历史意义的事件都发生在这里。美国独立前是英国的殖民地，随着美利坚民族的形成使北美十三州殖民地与宗主国矛盾日益尖锐化，在反英斗争高涨的形势下，一七七四年九月五日至十月二十六日，在费城秘密召开了有五十六人代表十三个殖民地参加的第一次大陆会议，它的召开，标志着殖民地人民的反英斗争由分散走向团结。一七七五年四月十九日凌晨，在波士顿郊区莱克星顿的战斗揭开了北美殖民地人民独立战争的序幕。就在起义发生不久，于一七七五年五月十日，在费城召开了十三个殖民地的六十六名代表出席的第二次大陆会议，会议决定组建大陆军，任命乔治·华盛顿为大陆军总司令，从而使大陆会议既是北美十三个州殖民地的代表会议，又是独立战争期间的领导机构。

　　一七七六年七月四日，也是在这里，由十三个英属殖民地代表组成的大陆会议，通过了由杰斐逊起草的《独立宣言》，宣布北美殖民地脱离英国，成立自由独立的美利坚合众国，并在这里率先升起了美国国旗。费城也就成了美国的诞生地。美国人民在"不自由，毋宁死"的口号激励下，终于在一七八一年下半年打败了英国殖民军。一七八三年，英美在巴黎签订了和平协议，英国被迫承认美国独立，美利坚合众国正式成立。一八八七年五月由华盛顿、杰斐逊、富兰克林、汉密尔顿等美国开国元勋起草了联邦宪法。一七九〇年至一八〇〇年之间，费城还曾是美国的临时首都。它是美国第一家银行的诞生地，由华盛顿内阁的财政部长亚历山大·汉密尔顿于一七九五年创建。

　　到费城的第二天清晨，我们起床后，正准备出去吃早餐，因为住的饭店没有早餐。肖先生和他的三儿子开车送来了刚买的早点，有牛奶、蛋糕，还有我们喜欢吃的油条、豆腐脑。大家很高兴地吃着家乡风味的早点。

　　早餐后，肖先生陪我们到费城市区的"国家独立历史公园"。这是一九四八年，美国国会通过法案成立的。所谓公园，实际上是一个历史文物保护区。为了便于集中管理和保护在旧费城中心的历史遗迹，建立了这座公园，将十几条街上许多具有革命纪念意义的建筑和文物都划归在内。公园里最引人注目的是独立大厦和自由钟。

　　独立大厦原来是殖民时期宾夕法尼亚州的议会大厦。是一座两层楼高的楼房，红色的砖墙配上乳白色的门窗，显得十分古朴。尖顶塔下面，镶嵌着一座大钟，后来为了便于人们观赏

费城独立宫

才移到大厦外面。自从在这里通过了《独立宣言》后，从此，这座楼也就改称为独立大厦，成为美国独立的象征。如今独立厅，也就是一楼通过《独立宣言》的那间屋仍保持了当年的陈设：面对主席台陈放了十三张桌子和椅子，也就是当年十三州的代表固定的座位。陪同我们参观的公园负责人还指点告诉当年参加大陆会议的华盛顿、富兰克林、杰斐逊等人的位子。

自由钟陈放在独立大厦北面的一个展览馆里。美洲大陆会议的代表当年就在独立大厦南面的广场上向费城的人民宣读了《独立宣言》这个历史性文件。在那个庄严时刻，人们敲响了这口大钟，洪亮的钟声立即传遍四方，向争取自由独立的美国人民发出了战斗的召唤。如今悬挂自由钟的展览中心是一个由落地玻璃隔成的小屋子，游人排队进去参观自由钟。这个大钟

费城独立自由钟

是英国人造的吉庆大钟，而最后却敲响了英国殖民统治的丧钟，多么具有讽刺意味。我们看到这个大钟上的著名裂缝和铭文："向世界所有的人们宣告自由。"

托马斯·富兰克林是出席大陆会议的最年长者六十九岁，是位年高德劭的科学家、思想家和社会活动家，他的故居遗址也在公园里，离独立大厦只隔一条街。富兰克林幼年来到费城时，非常贫苦，曾经当过印刷工人。后来，他自己开办了一个印刷所，出版书刊，影响很大。现在于故居遗址的北侧开设了一家别开生面的印刷所。为了纪念富兰克林，这家印刷所布置得完全像当年富兰克林工作过的那家一样，店面非常狭窄，使用的机器也是当年那种旧式印刷机。人们穿着古老的服装，检字、排版、印刷、装订。这个印刷所一方面供人参观，另一方面也印刷少量装帧古雅的书籍。中国人去参观，印刷所人员都十分热情地接待，而且告诉说，一七八四年，美国商船"中国皇后"号，就是从费城启程开往广州的，商船运去了皮毛，换回了茶叶和丝绸。富兰克林一七四三年在费城创办了美洲大陆上第一个学术团体——哲学学会，独立战争胜利后修建了"哲学大厅"，至今还在使用。

从国家独立历史公园出来，我们就去参观费城博物馆。这座建筑很美，楼虽不特高大，但造型艺术很强，珍藏的艺术品很丰富，展馆很多；还专门有一个中国馆，展出有中国的古代金饰、玉器和精制的瓷器等，特别有意思的是有一座古庙，是原封不动地搬运过去的，每一个梁柱，每一块砖瓦都保持原貌

费城博物馆

地构建起来，到了里面，就像到了中国的庙宇一样。由此可以想象中国的古董被外国殖民者掠夺得太多了，连古庙居然也搬走了。

中午，我们到了费城唐人街。彩色的牌楼也很醒目，上面有"费城华埠"四个金色大字，两旁有不少中国餐馆和商店，我们选了一家广东餐馆就餐，老板告诉我们，在一八七六年（即清光绪二年），为庆祝美国独立一百周年，美国在费城举行万国博览会，又称"百年大会"（即今天的世博会），广邀世界各国参加，中国等三十多个国家派团参加了那场盛会。中美建交后，著名的费城交响乐团多次来华演出。一九八〇年，费城与中国天津市还结成友好城市。所以，费城人对中国人有特殊的感情。

　　午餐后，我们去城郊，看了当年华盛顿与英国海军上将理查德·豪的军队作战遗址。华盛顿在一座小冈上亲自指挥，现在山冈上还保留着当年作战时的大炮和兵营。据记载，在敌强我弱，费城战斗十分危急时，华盛顿沉着应对，在城内举行了一次盛大的武装游行。美军将士排着整齐的队列，端着擦得锃亮的枪支，在军乐队的伴奏声中，昂首阔步地行进在费城的大街上，他们的服装虽然破旧，武器也很简陋，但每个人都精神抖擞，充满战斗的豪情，使人从内心感到这是一支战无不胜的钢铁大军。整个城区警钟长鸣，战旗猎猎，士兵们喊出的口号声惊天动地，鼓乐声震耳欲聋。华盛顿骑着他心爱的战马，在拉法耶特等人的陪同下，走在队伍的最前列。当地的爱国人士纷纷出动，夹道向这支英雄的部队及其统帅大声欢呼喝彩。当时华盛顿的兵力为一万一千人，而英军总数则达到了一万八千人。美英两军经过数月的激烈战斗，冒死拼争，费城虽一度失陷，但华盛顿实现了阻隔英军南北会合的企图，完成了战略转移，各个击破，为取得最终胜利打下了基础。

　　另外，我们还参观了华盛顿的故居弗农山庄。它坐落在波托马克河畔的一个葱郁美丽的小山上。宅邸的四周有花坛、草坪和树林，一年四季浓荫滴翠，郁郁葱葱，花草的芬芳和大森林气息使人有飘飘欲仙之感，庄园脚下便是一眼望不到尽头的绿色田野。这个山庄原是华盛顿家族的大庄园，名猎溪山庄。后来华盛顿的同父异母哥哥劳伦斯为纪念他在海军服役的上司、

华盛顿作战兵营

海军上将弗农——他心目中的英雄，将庄园命名为弗农山庄。劳伦斯比华盛顿大十四岁，两人从小感情甚好，劳伦斯藏书颇多，此处风景又好，华盛顿很喜欢来此居住。劳伦斯去世后，根据遗嘱，二十二岁的华盛顿继承了弗农山庄。这个小小世界，在总司令位置退下后，华盛顿把他管理得井井有条。后来他当上总统仍然不忘家园。一七九七年三月四日在第二任总统卸任后，他如释重负，以愉快的心情参加了新总统的就职仪式。五月十日，携家人乘马车离开费城，又回到弗农山庄。望着眼前这熟悉的山山水水，一草一木，华盛顿深情地对妻子玛莎说："我们终于回到了自己平静的港湾。"

　　华盛顿的私人秘书托拜尔斯·利尔先生说："在弗农山庄居住的那段日子可能是华盛顿先生一生中最快乐幸福和无忧无虑的时光了。"华盛顿一生除率军参加美国独立战争和两届总统任期外，大部分时间在这里度过。现在故居基本按原貌陈设，重现当年华盛顿工作、生活情况。弗农山庄主楼为二层、十九间木结构建筑。南书房有华盛顿的许多藏书，并有总统任期满后从白宫买回自己使用过的一张写字台。音乐室里放着他的大键琴，图书室桌子上有一架他用来观察天象的望远镜。楼的拐角处有一玻璃柜，内有一把法国大革命时打开巴黎巴士底狱大门的黑色大钥匙，后由拉法埃特将军赠送给华盛顿。二楼卧室门前挂一铜牌，上书"华盛顿在此卧室逝世"，室内有一张高脚床，一七九九年十二月二十四日，华盛顿就是在这张木床上谢世，室内有一时钟，始终指向华盛顿逝世的时刻。据说是华盛顿停止呼吸时，一医生将时钟发条折断所致。

　　山庄内还有数栋独立的小屋，其中有园丁住屋、厨房、纺织间、洗衣房，也有马厩、车房等，一栋称为博物馆的房子内收藏着服装、首饰和华盛顿签署的政令、军令、公私函件及三把军刀，小楼与主楼间有长廊相通。山庄内乔木苍翠，当年由华盛顿亲手栽植的树木仍充满勃勃生机。华盛顿和其夫人玛莎·华盛顿的合葬墓在故居南，陵墓简朴。我们在弗农山庄还看到华盛顿平时思考问题、散步的地方。这块美丽幽静的山庄，现在已成为国家公园。

海滨赌场和选美胜地大西洋城

　　我们乘中巴离开费城，不到一个小时的车程就抵达大西洋城。东临浩瀚的大西洋，海涛滚滚，一片苍茫。一百多年前，这里还是一个十余公里长的沙洲，原为渔民居住地，后来逐步发展成一个海滨小镇。一九七八年只有四万三千人，就在这一年州议会决定在此开设赌场，托赌业之赐，逐渐发展成一个风光独特、金碧辉煌的海滨城市。如今，这里不仅有十余家赌场，而且是美国小姐选美的胜地。这里有天然的海滨浴场，已成为新泽西州和整个美国东部旅游、休闲基地。

　　我们首先到著名的海滨木板栈道上漫步。这条栈道始建于一八七〇年，一九三九年翻修为大道，钢木结构，宽十八米，长十一公里。有五条大型码头伸向大西洋，中央码头末端有瞭望台，游人可乘电梯到塔顶，远眺海景，俯瞰市容。大道两旁，一边是细沙海滩，浪花飞溅，帆影点点，海鸥翱翔；另一边是一座接一座的酒店式赌场，华丽堂皇，以及密密麻麻的餐馆、纪念品商店、影院、音乐厅、舞厅和各种表演、游乐设施，还有一大片海水浴场。我喜欢大西洋城的海滩，沙很细，走起来很软，遗憾的是我没有带游泳裤和水镜，加上水还有点凉，我没有下海，只能看到一些人在嬉水。不过吸着阵阵吹来的海风也很舒适。

　　大西洋城是美国东部著名的赌城，有赌场十余座，规模最大的当数纽约地产大亨旗下的"泰姬·玛哈尔"大赌场。这是一座具有印度风格的建筑群，除了一座五十多层的酒店会所外，主要建筑是皇冠形的大赌场，有人称它为"印度宫"。外观别具一格，里面的大厅金碧辉煌，气派非凡。我从未进过赌场，这下可真开了眼，走进赌场，头顶上是水晶般的大吊灯，地上铺着厚厚的红地毯，红红绿绿的灯光闪烁不停。"老虎机"声、硬筹码币的哗哗声，人声鼎沸，赢钱的欣喜和输钱的懊丧场面此

大西洋城滨海大道

起彼伏。我正想拿出相机照几张照片带给家人看看，突然有个彪形大汉，面对着我举起手高喊："NO！NO！"我知道这是不准照相的意思，我便知趣地收起相机，只在赌场里转悠。

来赌场里有两类人，一类是想赢钱的，一类是看热闹的。我是属于后一类，真是名副其实的土包子，没有玩过，就是来参观的。既然是参观，我就多走走、多瞧瞧。据说，这个赌场光走一圈要半小时，只是在大厅里走，还不包括表演厅。我首先看到的是一排排的"老虎机"，大概一排有好几十台，整个大厅有上千台，这是最简单的赌博方法。一般的小赌都是玩这个，特别是老年人，来散心的都是玩"老虎机"，赢也不会太多，输也不会太多。我看到一个老太，向老虎嘴里塞了几个筹码，不一会哗哗一大堆硬币筹码吐出来。老太高兴得哈哈大笑，这大概就是来赌场换取的快乐。不过这种快乐只是一时，过一会可能又会塞回"老虎"嘴里。绝大多数人都是肉包子打狗，有去无回。来赌场的人大都兴致勃勃，有说有笑，出去的人多为不言不语，两手空空，悻悻而归。俗话说十赌九输，靠赌发财是少有的。

大赌客是不玩"吃角子老虎机"这种小打小闹的把戏。他们往往直奔大厅中央的轮盘赌，掷骰子、玩纸牌等赌桌。轮盘机有悬挂式的轮盘机、卧式轮盘机，都是给人压宝的，一般五美元起码，有的一百美元起码。当然"一掷千金"的也不乏其人。大厅旁边还有些房间，房间里有几张桌子，若干人围桌玩扑克牌比点数，"这叫万家乐"，一般这都是下大赌注的，不是小赌。

为了吸引赌客，赌场的老板挖空心思，想了许多办法。例如，在华盛顿和纽约，一些旅行社用优惠的手段招徕人们到大西洋城游玩，你付旅行社车费二十美元，到大西洋城下车时却奉送你每人二十五美元赌场筹码，外加一张免费餐票。这些都是赌场贴补给旅行社的。赌场老板知道，这些客人手里有二十五美元筹码，一进赌场就很难熬得住不赌。只要一赌，输给赌场的大概就不止二十五美元了。像我们这样只来参观的是极少数。

穿过大厅，有音乐茶堂，喝咖啡、吃点心、听音乐都是免费的。在表演厅里，还有定时的歌舞表演，为赌客助兴，也是免费的。对于大赌客，那更是招待周详，吃住全包，车接车送，有的外地赌客还用飞机接送。据说，每年大约有一千万人次前来大西洋城"碰运气"的。每天在大西洋城的高速公路上奔驰的车流中，幸运者屈指可数。

新泽西州是几个允许赌博业堂而皇之经营的行政区之一。一九七六年此州举行公民投票，使赌博合法化，大西洋城迅速发展起来。娱乐场所历来是为一个地区带来大量税收，促进其他各业发展的"摇钱树"。新泽西州要让赌博业为娱乐业带来新的"美人儿"，带来元气和生机，充满极大的诱惑力。大西洋城也是美国小姐的主要赛场之一，从二十世纪前叶起，在风景如画的滨海大道和碧波万顷的大西洋的映衬下，每年都会在此举办美国小姐的选美盛典。好莱坞影星纷纷而来，小城成为猎艳争奇中心。特别是举办全国拳击赛，那更是热闹非凡，上千美元一张的门票，往往还一票难求，可想其热烈的场面。这些都为大西洋城增添了巨大的诱惑力。市内大型会议厅可容纳四万人，一些国内和国际会议常在此召开。每年接待游客达一千六百多万人次。

从"印度宫"出来，我们沿着滨海大道走去，天色渐暗，但光怪陆离的霓虹灯更是交相辉映，如同白昼。这条大道，除了赌，就是吃，再加上购物。世界各大洲各种风味的饮食几乎俱全。近些年来，东方美食、韩国火锅、蒙古烤肉也很受美国人欢迎。中国菜肴是东方美食最风行的。美国人吃的方面喜欢"简单化"，他们无心研究烹饪技术，更不喜欢刷锅洗碗。美国人视时间为水或石油一样，当作一种资源。他们常说："时间就是金钱。人的一生只有这么多时间，所以你应该精打细算。"美国人大约有百分之四十的人既没有耐心，也没有时间在家做饭。所有人都喜欢上饭馆，或者买回现成饭菜。据统计，全国每天约有六千万的美国人外出就餐，占美国成年人的百分之三十七。外出就餐者多为年轻人、男人、大学毕业生、高收入的人和有职业的妇女等流动性较大的人，以及付得起餐馆费用的有钱人和时间最紧张的人。有人做过一个调查，每个美国人平均每周要吃三个汉堡包，全国一年大约就需四百亿个。虽然对胆固醇高有些担心，但大多数人还是照吃不误。

我们现在提倡早餐吃好，中餐吃饱，晚餐吃少。而美国人则是早餐简单，中餐应付，晚餐吃好。美国人的晚餐大多比较正规、丰盛，家庭成员也比较齐全，节假日聚餐那就更丰盛了。外卖食品的声望现在也是与日俱增，无论哪一天都有两千万人购买"外卖食品"。美国饮食业的年营业额已超过两千亿美元，其中美式快餐已占四五百亿美元。大西洋城的饮食店更是多种多样，五花八门，我们选择了一家规模较大的中餐馆就餐。这是一位老华侨创办的，现在交给儿子经营。二十四小时营业，从豆浆、烧饼、油条到满汉席，各类菜肴齐全。我们问老板："北京烤鸭有没有？"回答说："不但有，而且每天销量很多，每天都从北京空运处理好的鸭子来这里烤。"老板还告诉，这里有好几家赌场每天都预订好需要的数量，不可缺少。我们点了几样上海的本帮菜和江苏的淮扬菜，问老板有没有，老板说，这是我们的拿手菜，我们家老爷子就是从上海来的。说得我们都很高兴。我说，我是江苏人。老板说，那也算半个同乡了，上海紧靠着江苏，原来同江苏是一个省。

不久，菜就上桌了。上海的油爆黄鳝、烤麸、淮扬的狮子头、煮干丝，一上口就吃出了家乡味。这家中国餐馆真是名不虚传。我们边吃边看四周，不一会，又来了一帮中国顾客，接着一帮老外也来了，还有的陪着老人，带着孩子来了。看来，这个餐馆的生意真不错。

晚餐后，我们又回到大街，随着人群漫步走，目标是去一家大的超市。在街上，实际上也等于逛超市，各类人群，五光十色，服装千奇百怪。美国人平时不讲究衣着打扮是出了名的，尤其少数年轻人喜欢奇装异服。在大街上，我们看到年轻漂亮的姑娘上身穿一件紧身毛料大衣，下身穿一条臀部有两三个破洞的牛仔裤，且露出内裤。还看到一些年轻人把好端端的牛仔裤撕破，露出膝盖，招摇过市。老年妇女，一般都喜欢穿裙装，很少穿长裤的。有的美国人，在炎热的夏天，身穿短裤短衫，脚上却捂着一双旅游鞋，另外还要加一双厚棉袜。而在深秋季节，身穿夹大衣，却光着脚，穿上拖鞋，漫步于街头巷尾。而上班族的白领阶层，每天都要衣冠楚楚，或西装革履，头光面净。女士都是各式裙服配淡妆。办公室内不许穿球鞋。如果是出席正式宴会那就十分讲究，女士要穿拖地长裙或时髦的晚礼服，男士则要黑色晚礼服。我们在大街上，也常看到不少打扮入时的男女们。

　　我们刚走进一家超市，迎面走来一位小姐面带笑容，打招呼说："欢迎光临！"我们也示意向她笑笑。我们看到货架上商品琳琅满目，灯光闪烁，我们没有打算买什么东西，也就无目标地闲逛。从商品标价来看，一般比我们国内的商品便宜，尤其是家电产品，更加便宜，当时国内彩电、冰箱要凭票供应，我们十分羡慕他们商品丰富。据陪同的人员告诉我们，普通超市商品比较便宜，但高级超市要贵百分之二十到百分之三十，甚至到百分之五十。周末或节假前后常常有打折和削价商品。美国顾客很注意广告，广告本身就是一个巨大的商业，广告几乎随处可见，不仅出现在媒体上，也出现在汽车内外、餐馆洗手间、公立学校、体育场等有人活动的地方。

　　逛完超市回宾馆已经是半夜了，但是这里，人群依然熙熙攘攘，好像人们没有睡觉的习惯，而我却洗浴后，倒头就睡着了。醒时，天已大亮，吃过早饭，我们又该出发了。

美国国歌歌词诞生地巴尔的摩

　　上午九点，我们乘车离开大西洋城。沿着浩瀚的大西洋，向西南方向奔进。沿途风光绮丽，群山连绵，树木繁茂，迷人景色，目不暇接。不到一小时的车程，就到了美国马里兰州的重要港口城市和东部的文化重镇巴尔的摩。

巴尔的摩海港区

巴尔的摩位于切萨皮克湾帕塔普斯科河西岸。人口近八十万,黑人占百分之四十。一七二九年建市,闹市区是围绕市内最早的两条街——巴尔的摩街和查尔斯街发展而成。在美国独立战争期间,英国威胁费城时,这里曾一度是美国战时首都,有丰富的历史文化遗迹。为纪念一八一二年到一八一四年第二次英美战争期间牺牲的巴尔的摩民兵,在市中心建立了战争纪念碑,这是美国第一个大型战争纪念碑,一八二五年完工。

一八一四年,英国军队从海上和陆路同时向巴尔的摩发起进攻。英国军舰对守卫巴尔的摩内港的美军通宵炮击,整个晚上炮声隆隆,火光冲天。青年诗人弗朗西斯·基目睹了这一惨烈场面,次日凌晨,当他透过战场上弥漫的硝烟看到市东南的

巴尔的摩市区

麦克亨利堡，在连续遭受炮击二十五小时后它却巍然屹立，其所悬挂的星条旗始终在晨风中飘扬。诗人不禁热血沸腾，激情满怀，奋笔疾书下《星条旗永不落》的诗篇，歌颂美军顽强抵抗的英雄事迹。这首诗立即引起轰动，一九三一年三月三日，美国国会决定将这首诗作为美国国歌的歌词。这首不朽之作的原稿成了马里兰历史学会纪念馆的镇馆之宝。据以产生这首歌词的地方，现辟为国家纪念地和历史圣地，成为"星条旗之家"。而制作那面星条旗的，是女裁缝玛丽·皮克斯吉尔；悬挂在麦克亨利堡上空的那面美国国旗的房子，现也辟为博物馆。我们乘车在市内转了一圈，看到如今的巴尔的摩已是高楼如群峰攒聚，市面十分繁华，尤其金融业很发达，但更吸引我们的是历史遗迹。我们把车子直接开到了博物馆。

我们来到了麦克亨利堡，驻足体现着追求独立精神的挂国旗小楼前，那迎风飘扬的国旗，让人仿佛又回到那战火硝烟的年代。博物馆内展出了一些当年参加战斗的部队的遗物，博物馆负责人还向我们介绍了一些可歌可泣的英雄事迹。

在回城的旅途中，我们还参观了美国诗人爱德加·爱伦坡的故居，它是一座窄小的双层砖房，屋内陈列着诗人的作品和起居用品，在他的办公桌上还放着当年用过的纸笔。屋内挂着他的照片和他著名的爱国诗句。

在维尔农广场，我们还瞻仰了华盛顿纪念碑。这是由雕塑家罗伯特·米尔斯设计，一八二九年建成，是全国奉献给华盛顿的第一个大型纪念碑，高二百英尺，碑顶站立着华盛顿的全身塑像，他英姿飒爽，昂着头，目光注视着远方，令人十分敬仰。

巴尔的摩有一座著名的"星座号"战舰博物馆，是由建于一七九七年的"星座号"战舰改装而成。它是美国最早的战舰之一，最初的启航地就是巴尔的摩港，退役后又回到巴尔的摩，一九六一年被列为国家文物，建成"星座号"博物馆，供游人参观。美国人总喜欢把事物同历史联系起来，一草一木，一人一事，只要与历史有关的就加以联系和纪念，所以在美国有数不尽的"博物馆""名人故居"等等。不管大城市或小城市，甚至连小村镇，也很注重自己的历史，引为骄傲。

巴尔的摩还有多所著名的科研单位、大学和文化场所。约翰斯·霍普金斯医学院和医院，为闻名世界的医学中心，培养出了许多著名的医学专家。一八四〇年建立的马里兰大学牙科学院，是世界同类学院中最古老的学院，巴尔的摩的牙科也是世界驰名的。

沃尔特斯艺术陈列馆，也是美国收藏品最丰富的艺术馆之一，藏品自古埃及到二十世纪初期的艺术品有二万五千件，绘画、雕塑尤为著名。我们由于时间关系没有进馆参观。

在巴尔的摩，我们只待了一天，就急忙赶回纽约，因为事先约好了几个朋友要在纽约法拉盛聚会，所以我们的旅店也订在法拉盛，今晚一定要住在法拉盛，明天好与朋友见面。在巴尔的摩也就不能多看了，只能说声："拜拜了！"

纽约法拉盛和百老汇

位于纽约皇后区的法拉盛，是纽约的新唐人街，也是华人聚居的地方，它比曼哈顿的唐人街略小，纵横也有好几条街，因为我们要见的几位朋友都住在那里。桑教授也住在那里，肖先生在法拉盛也有房子，有时也过来住。缅街是法拉盛的主干道，两边全是华人的餐馆、商店和超市，邻近社区居住的华人也较多。据说，这里最早曾是日本、韩国移民的地盘，水果店基本上都是韩国人开的。后来，先是不少台湾同胞来此谋生，以后陆续来得更多是大陆移民。几十年来，日裔在这里几乎销声匿迹，韩国移民也日渐式微，而来自中国大陆和台湾、香港、澳门的华人逐渐成了法拉盛人数最多的居民，普通话成了这里的当家语言。白人和黑人则成了这里的少数民族。

法拉盛地区华人的商业特别活跃，各种商店林林总总，各类餐馆密密麻麻，其中、温州人开的超市就有七八家，生意红红火火。尤其周末和节假日的法拉盛，大街小巷里华人摩肩接踵，络绎不绝。非常凑巧，我们住的饭店是华人女老板，规模虽不很大，但屋子收拾得很干净，接待大陆来的客人很多。听说我们是从北京来的，她很热情。

　　第二天清晨，我很早就醒了，盥洗后，我就独自走出旅馆。街上人很少，但法拉盛公园却有不少人在晨练，进去一看，跑步的、快走的，有打太极的，还有三三两两在一起聊天的，真有点像北京的小区公园，的确不少都是华人，而且老年人居多。相当多的是从大陆去的，不少是去照看孙子辈的，当儿子的保

纽约法拉盛街道

姆。我同一个老汉聊了几句,他对这种生活也很厌倦,很想回国。我心想,等你把孩子带大,你不想回国儿子也会让你回去,你留在这里没有用了。

我走出公园,向回旅馆的方向走,突然发现一家餐馆的招牌写着"豆浆大王",这很吸引我,正好我还没有吃早饭,于是走进餐馆。一看餐馆范围不大,但已高朋满座。我选择了一个空位,要了一碗豆浆、一根油条和一碟锅贴,不一刻就送上桌,豆浆很浓,油条炸得像个小胖子,香气扑鼻,十分诱人;锅贴做得很精细,极为可口,价格也很公道,只花了五美元。

上午我们约了几位多年不见的老朋友,在一个茶楼,边品茶边聊天,没有特定的主题,随意聊。张先生是搞社会学的,他到美国已三十多年,对犹太人曾做过专题研究。我就请他谈谈犹太人的情况。他说,美国的犹太人已有三百五十多年历史,最早来美国的犹太人只有二十三人,是从巴西逃亡来的,遇到海盗抢劫一空,幸被法国商船救了,把他们带到纽约,那是一六五四年九月七日,当时还属于荷兰管辖。这批犹太人中有位犹太大屠夫列维,此人敢说敢为,成为实际上的领头人。保护着这批男女老少。最初,他们只许从事小本买卖和做手工糊口。直到一七三〇年,他们才在曼哈顿一个旧磨坊的基础上建设起北美第一个犹太教堂。随着新大陆自由民主思潮的发展,犹太人在新大陆逐步实现了宗教自由和政治理想。一七四〇年,英国国会立法许可北美殖民地犹太人成为英国臣民。后来美国独立运动领导人都拒绝反犹。一七七六年美国独立时,犹太移民已有两千五百人。

一八一五年拿破仑战争后，美国出现第二次欧洲移民潮，多为德国犹太人，他们较适应环境。积极宣传欧洲启蒙思想，很快融入美国主流社会，向中产阶级发展。犹太人一八四一年就进入美国国会。南北战争时有犹太人十五万人，一八八〇年，犹太人达到二十五万人。

一八八一年俄沙皇遭刺杀，加上战争殃及，大批犹太人遭屠杀迫害。至二十世纪初，约三百万犹太人涌入美国，新移民重视教育，人口质量迅速提升，在各行各业施展才干。德国纳粹统治时期疯狂反犹，一九三三年至一九四五年，二十多万欧洲犹太难民到美国，其中许多是各行业精英，美国得益匪浅。但美国国内曾先后也掀起两次反犹浪潮，犹太人团结一致，在国会、媒体等反对歧视，维护权益，取得胜利。加之，犹太人实力超群，到二十世纪九十年代，美国犹太人总数已达六百万。虽然不足美国人口的百分之三，但他们对美国社会政治、经济、文化、舆论等各方面的影响和控制，远远超过任何别的族裔。

张先生喝了一口茶，稍停片刻，接着又说，美国犹太人在科技文化领域是群星灿烂，美国最有影响的二百名文化名人中，一半是犹太人，一百多名诺贝尔奖美国得主中，半数是犹太人。在名牌大学教授中犹太人近三分之一，律师中占四分之一，还有一大批科学家，如爱因斯坦等都是犹太人。《纽约时报》《华盛顿邮报》等大媒体也是由犹太人创办，一大批记者、编辑和专栏作家是犹太人。美国几乎所有大电影公司都由犹太人创办，如华纳、派拉蒙、米高梅等，还有许多大导演、影星是犹太人，当代美国文学、艺术、戏剧、音乐等一流作家的百分之六十是犹太人。

经济金融界的实力更是首屈一指，包括许多金融巨头公司老板、美国联邦储备委员会曾任主席的格林斯潘、"金融大鳄"索罗斯、全球富豪第二的"股神"巴菲特等都是犹太人。

在政治领域犹太人也是出类拔萃，从二十世纪初开始一些犹太人就出任政府部长、州长、市长等要职，中国人熟悉的基辛格曾任尼克松和福特两位总统的国务卿。此外，参议员、众议员中犹太人也占相当比例。目前，全世界一千四百万犹太人中，六百多万人在美国，以色列只有五百多万人。不管谁担任总统，这两个国家都是最亲密的盟友，这与犹太人的实力很有关系。

听了张先生的介绍，我们对美国的犹太人有了较深的了解。接着，我请在美国做生意多年的王老板，说说他对美国人生活方面的感受。王老板很客气，说我没什么好说的，做生意就是要会了解顾主的心理，美国人很多生活习惯和心态同我们中国人不一样。特别美国老年人是不服老的，同时也怕提"老"字，美国买不到老年报、老年杂志，超市里也没有老人专柜，如果你去开一家取名"老年人商店"，肯定没有生意。在超市或大型商店，只区分儿童专用、妇女专用、男士专用，没有老人专用。因为美国文化不是老人的天下。节假日出游，老年妇女比青年妇女打扮得还鲜艳，有时夏天老人穿一条花短裤，脚蹬运动鞋，戴上墨镜，头顶花的遮阳帽，精神得很。不像我们中国人，一过四十岁，就称你老张、老王……年纪稍大一点就称张老、李老……见到当官的，就是局长、处长等等。美国人简单得多，一般不称官职，男的都是先生，女的就是女士、夫人，称夫人不一定都是结过婚的。更多的是干脆称呼名字。互相见面打招呼，不论认识不认识就说个"Hey"（"喂"，也有"你好"的意思）。小孩子见自己的爷爷，有时说个"Hey"也就行了。有的地方需要提一提老年人，也尽量避免用"老"（old）字，如参观券售票处，在写"老年人和学生打折扣"时，老年人写的是 SENIOR PEOPLE（资深人士）。王老板讲到这里，我们都笑了。王老板说："这是我们的生意经，不管多大年纪，别说人家老。"

该轮到另一位老朋友陈先生了，他以前在国内是搞文化工作的，他说，美国的文化很复杂，很难三言两语说得清。他建议我们去百老汇看看，那里可以体验多种文化。我说，刚好，明天我们在纽约还有一天时间，可以去走走。

中午，我们要请他们吃午餐，三位先生都说，下午有活动安排。我知道，时间对于他们更可贵，也就没有勉强，只是在茶楼里吃了些点心。

晚上，我们在法拉盛选了一家中餐馆回请桑教授夫妇和肖先生夫妇。中餐馆在法拉盛生意很兴隆，我们提前订了位，而且不是选在周末和节假日，但有的餐馆也排队，有的外国人也在排队的长蛇队中。我们进餐馆时，因为订了位，所以不必排队，我们选了大厅的一个边角，桑、肖两家都到了。这家菜馆是江浙口味，我们选了几样特色菜，如西湖醋鱼、无锡肉骨头、浙式熏鱼、雪菜肉丝、去油元蹄、香酥龙蜊等，还配上该餐厅自制的椒盐花生米，香脆无比，风味独特。整个菜肴咸淡合适，美味可口。桑教授说："我们经常也到这家餐馆吃饭，随着季节变化，他们还常推出新品种。"我问肖先生，在美国有多少中餐馆？肖先生说："在美国究竟有多少中餐馆，谁也说不准，仅纽约一地就有七千多家，在曼哈顿中国城就有二百多家，法拉盛现在恐怕比曼哈顿还多。"特别值得一提的是，餐馆的服务态度非常好，顾客有什么需求立即帮助解决，每一道菜上来后，都征求大家意见。每一桌都有一位固定的人来服务，为我们桌服务的是位中年的江苏男士，他仍保留家乡口音，听起来很亲切。他告诉我，他们的工资主要靠小费，客人根据他们的服务，给小费多少不一。我问他一天能挣多少小费，他回答说，大约二百多美元。这算是不低的收入，不过不是所有的服务员都有这么多。

饭后，桑教授和肖先生要送我们回宾馆，我说："宾馆就在附近，我们散步就可以回去。"我坚持把他们两家送上车，与他们握手告别。

第二天下午，我们按照陈先生的建议，来到曼哈顿的百老汇。凡对美国文化稍有了解的人，没有人不知道"百老汇"这个词，"百老汇"既是一个广为人知的地理概念，更是具有厚重内涵的艺术名词和广义的文化词，甚至有人认为住在纽约没有去过百老汇的人，一定患有自闭症。这就使我们更想去百老汇。百老汇是横贯曼哈顿的一条主街，过去译为"百老汇大道"，其实这条街既不宽也不大，倒是又长又窄，由南到北，宽二十五米到五十米，全长约二十五公里。沿街大剧院林立，汇集着众多闻名遐迩的歌舞剧院，有"美国戏剧中心"之称。一八九三年前后，欧洲的音乐剧被介绍到百老汇来，逐渐为纽约人所接受。一九〇七年，乔普林用流行音乐风格创作的《特里莫尼沙》被认为是美国的第一部音乐剧。此后，一种与自由不羁的美国精神、无拘无束的生活方式相适应的，具有火焰般热烈、急剧搏动的舞台节奏的新型戏剧形式——百老汇音乐剧诞生了。今天的百老汇一年四季依旧熙熙攘攘，热闹不减。每天上演着数十台载歌载舞的百老汇大戏，包括歌剧、音乐剧、喜剧及其他轰动的剧目。颇具规模的剧场有八十多家，经过长期的竞争淘汰，现在仍有四十余家。这些剧院又以时代广场一带最为集中，最为高档，纽约以及全国、全世界的艺术团体创作的优秀节目不断登上百老汇的舞台。

尤其音乐歌舞剧长期占据着百老汇的大舞台。一代又一代的艺术家打造出数十部佳作巨制，《猫》《剧院魅影》《悲惨世界》《歌剧院幽灵》《西贡小姐》等都是脍炙人口的歌舞秀。这些剧目往往一演就是七八年，甚至几十年，为美国文化市场赚取了巨大的票房收入。如《猫》剧在百老汇连续上演了几十年，近年还外出到几十个国家演出，也来过中国。据统计百分之十七的曼哈顿居民每年至少要到百老汇看一次剧。

这里以前还汇集了夜总会、妓院、黄色影院、脱衣舞厅等，新一届市长上任后，下令把妓院从百老汇搬走，现在这一带干净多了，也安全多了。我们在百老汇街头漫步，看到商店的橱窗，布置得也较雅致，不像人们想象的那样混乱。

在百老汇我们只漫游了一段，然后就转向第3大道。第3大道是由北向南，与百老汇相衔接，把曼哈顿分为东西两半。这条大道上，商店鳞次栉比，集中了曼哈顿的精华，几乎囊括了全球所有顶级的品牌店，美国最大的钻石和金银首饰一条街也在这个大道上，我们这些穷酸对此不感兴趣，看看精心设计的橱窗就足以饱眼福。这里是典型的富人天堂。

在这条大道上，还有一座著名的大楼，叫帝国大厦。它建于一九三一年，有一百〇二层，连同塔楼高三百八十一米。说起这座大厦故事特别多。它盖的速度特快，从开工到建成只用了一年零四个月，可它的质量却是世界一流的。建成八十多年，却稳如山岳，至今运转正常。不过也遭过一次厄运。一九四五年七月二十八日，一架B-52轰炸机在迷雾中撞上七十九层，大楼晃了一下，只是把电梯给震断了，引起大火，烈火从七十九层烧到八十六层，烧死十三人，烧伤二十六人，后来修复。一九六四年起，大厦顶部到三十层外装起彩灯，夜间远眺，光彩夺目。一九七八年起，每年在这里举行爬楼梯比赛，从第一层起，终点是第八十六层，要爬一千五百七十五级台阶，爬得快的人只用了近十一分钟。奖品是一个钢质镀金的帝国大厦模型。

第5大道是单向车道，人行道宽阔，路边有不少纪念品商店、食品店和服装店。食品店前摆放桌椅，可供游人喝点饮料，食点小吃，稍事休息。第5大道的南端，拐到一条东西向的大街就是洛克菲勒中心。洛克菲勒（一八三九——九三七）以石油起家，二次世界大战以后，他的后继者发展尤其迅速，成为美国的一大财团，下属大通曼哈顿银行、两家人寿保险公司，几家石油公司，还投资飞机、导弹等军火工业，又在冶金、汽车、化工、橡胶、食品、航运、电信等事业中占有重要地位，不过，二十世纪九十年代后实力有所衰退，地位开始下降。第5大道又有"博物馆街"之美誉，从42街往北一直到110街，密集排列着十多个各式各样的博物馆：如赫赫有名的纽约大都会艺术博物馆、电视电台博物馆、纽约市博物馆等，其数量之多，规模之大，涵盖内容之广，着实让人叹为观止。这次我们是慕名，而不可能一一细看了。

再见！绿色之都

回国的航班是从华盛顿起飞，先到东京再转机到北京。所以在纽约，结束活动后，我们又急急忙忙赶回华盛顿。上午八点乘车出发，经过新泽西州、宾夕法尼亚州、特拉华州、马里兰州和弗吉尼亚州，下午一时左右抵达华盛顿。我们住的宾馆正好与中国驻美大使馆隔一条马路，那时新使馆还没有修，大使馆的驻地比较小。

在宾馆吃过午饭，稍事休息片刻，我们就去参观罗斯福公园。罗斯福是美国了不起的政治家，他是个半身瘫痪的人，却连任了四届美国总统，他的全名叫富兰克林·德兰诺·罗斯福。他的远房堂哥叫西奥多·罗斯福，从一九〇一年至一九〇九年也当了八年的美国总统，常常人们把他们两人混淆。罗斯福公园是为了纪念富兰克林·罗斯福的，他对美国的贡献比他堂哥大。他有政治远见，很有头脑，又有坚强的意志。他当政期间，缓和了美国和拉丁美洲各国的紧张关系，他坚决反对德意志发动的第二次世界大战。珍珠港事件后，他一边对日宣战，一边对德作战，开辟第二战场，打败法西斯，取得同盟国二战的胜利，建立了卓越功勋，很受美国人的爱戴。

罗斯福公园位于波托马克河潮汐湖畔，湖对面是杰斐逊纪念堂。公园占地不小，循着路径走去，第一道景观是一堵两人高的黄色大石头砌成的墙，墙上刻着"富兰克林·德兰诺·罗斯福"的名字。再往里走，又是黄石砌成的一堵墙，墙上有台阶，清水从墙顶流下，流淌不息。继续往里走，在黄石墙前，有一尊披着斗篷侧身而坐的罗斯福铜像，双目远视，似在思索。他的脚边有一条哈巴狗对他望着。再前去，又一堵流着清水的墙，墙前立着一位妇人，即罗斯福夫人，她悉心帮助丈夫，照顾丈夫，丈夫的功勋里自然也有她的功劳。再走进，又有一堵黄石墙，墙前塑了五位头戴帽子、身着大衣的汉子，在一门前排队，这昭示罗斯福广聘英才。

罗斯福公园，没有更多陈设，也没有更多的文字，以幽雅的自然环境和美丽的风光吸引人，而唯一突出的是黄石和清水。有人解释，这是突出罗斯福性格的两个特点：坚强的意志如黄石，灵活的手段如流水。这是伟大历史人物不可缺少的品质。

在华盛顿待的时间不长，但留下的印象很深。首先感到规划布局合理。几百万人不是都挤在城里，而是上班在城里，生活在郊区，城里不仅没有高楼大厦，而且居民楼也不多。随着电子计算机、因特网等长距离先进技术的普及，不少新建的办公空间也转移到环境幽静的郊区。办公空间的日益分散化已成为美国都市的新特征。其次是首都功能突出，除了印刷业和一部分食品制造业，没有其他工业，什么大公司总部也都不在华盛顿，服务业也都是为首都功能服务的，而不是一般性服务业。还有个突出感觉是街上标语口号很少，几乎没有看到。但激励人奋进的机制处处体现。苦干、教育、技能、竞争和个人进取是成功的结果。白手起家，靠自己的努力取得成就，就会受到社会和人们的尊重，靠父母、靠关系就会受人鄙视。打工者的动机不只是单纯为了挣美元，更多的是实现他们个人奋斗的价值追求，年轻人更是重视自己的价值实现。老年人则想为社会尽可能发挥余热和过个愉快的晚年。还有个感觉是华盛顿的黑人素质也显得比其他地方高，黑人的官员也相对较多，可能与整个都市的文化氛围有关，相互潜移默化是十分重要的。近些

华盛顿宾夕法尼亚大道

年，民权运动高涨，种族主义因素降低，黑人已成为美国政治、经济、文化生活的一部分，肤色不再成为黑人进入公共生活的障碍，甚至很多黑人已经进入中产阶级。当然，黑人受到歧视，"底层阶级"的贫困，没有从根本上解决。更突出的是华盛顿是名副其实的绿色之都，到处郁郁葱葱，林木草地覆盖整个城市，空气十分清新。

在华盛顿还有一天时间，我们打算去郊区看看。早餐后，乘车来到市区西北部古老的乔治镇。这个镇位于石溪小河的西岸。环境很好，镇上的房屋大都不高，显得小巧玲珑，古老、质朴。镇上有好几座教堂尖顶鹤立，十分引人注目。镇上的威斯康星大街南端是繁华的商业街，小商店一家挨着一家，以各色古玩、服装和欧美风味的小餐馆为特色。这些建筑多为十八世纪后期和十九世纪初期所建。镇上的好几条街仍然铺着鹅卵石，人们喜欢这种自然古朴。

乔治镇最热闹的是"鬼节"。这是一个很有趣的节日。华盛顿每年有三个举行盛大游行的节日，一个是七月四日的"独立节"，也就是国庆节；一个是四月的"樱花节"；另一个是十月三十一日的"鬼节"。前两个节日的游行，是白天，在白宫前宽阔的宾夕法尼亚大道上举行；完全出于自发的"鬼节"游行，却出现在夜幕笼罩下的乔治镇的一条五六百米长的街道上。那种稀奇古怪、妖魔群舞乱窜的场面，每年都吸引大量的游人去观光。

我们请了当地的文化人士介绍了"鬼节"渊源与活动内容。

他说："鬼节"源远流长，可以追溯到公元前欧洲西部土著民族凯尔特人，带有浓厚迷信色彩的风俗习惯。凯尔特人在英伦三岛和法国等地长期生息繁衍。他们迷信在每年十月三十一日这一天，死人的灵魂就要从坟墓里钻出来，因此，在这天晚上要制作美味佳肴，等待死去的亲人的鬼魂前来看望享用，同时又在旷野的山丘上燃起篝火，用明亮温暖的火焰招来善鬼，驱走恶鬼。他们自己也身披兽皮，头戴面具，打扮成鬼怪模样，围着篝火歌舞，尽情欢乐，直到深夜。这便是"鬼节"的原始形式。后来，在公元八三五年，罗马天主教考虑到许多圣徒还没有自己的节日，便将每年十一月一日定为"万圣节"，以纪念基督教的先驱者。"鬼节"比"万圣节"早一天，而且主要活动是在晚上，于是"鬼节"就逐渐演变成了"万圣节"前夕，两者也就合二为一了。随着历史的发展，这个节日便流传到世界其他地区，十九世纪，"鬼节"流传到美国，很快得到爱热闹的美国人的赏识，并在全国流传开来，其热闹程度反而超过了欧洲。

接着他又说：可是今天美国的"鬼节"，与两千年前凯尔特人的"鬼节"比较起来又有很大的不同。它已成为男女老少，特别是儿童和青年们的淘气和尽情狂欢之夜。这一天，儿童们最开心，他们可以在家"合法"地撒娇耍赖，淘气捣乱，索取心爱的玩具和好吃的糖果，大人们只得暂时容忍，不加责备。他们除了可以在家耍赖外，还"有权"到别人家去胡闹。晚饭后，他们成群结队随便到各家串门，主人们对这些不速之客非但不能拒之门外，还要笑脸相迎，热情接待，把早已准备好的糖果点心拿出来，慷慨地招待他们。他们可以一边吃，一边拿，挑喜欢的往随身携带的袋子里装。主人如果怠慢或招待不周，他们便有权恶作剧，闹个天翻地覆，主人也奈何他们不得。至于青年男女们，到这一天，他们就挖空心思，想方设法标新立异，别出心裁，争奇斗怪，把自己装扮起来，蜂拥前去参加晚上的化装游行和舞会，尽情狂欢，直到深夜。

商店则大发"鬼财"，应景商品不断推出，主要是赚钱的、五花八门的妖魔鬼怪、印第安人、警察、米老鼠等化装面具，无奇不有，越新奇、越古怪、越有人买，越能赚钱。儿童玩具的销售自然也很兴旺。随着电子、激光等高科技进入玩具业领域，产品越来越向高档发展，扩大了老板的财源。除了圣诞节外，"鬼节"也是美国厂商赚钱的最好机会。听了当地人士的这番介绍，虽然我们没有亲临其境，但也感到很兴奋，很有意思。

在乔治镇的一条古道上，人们悠闲地漫步，欣赏着至今还保持着十八世纪风貌的小镇景观，这同现代化的大都市华盛顿形成了完全不同的鲜明对比，我还发现在镇上的一个角落至今还保存一段有轨车的车道，它早已不使用了，只是静静地躺着，让从它身上跨过的人们去抒发怀古之情。我还看到一座老石头房子，用灰色的石头砌成二层半高。起初没当回事，以为就是一处老房子，仔细一了解，这座石头房是一七六四年建，是华盛顿唯一的美国革命前殖民地时代的建筑。一九五〇年美国国会通过决议，确定此房为美国历史遗址，它代表了美国革命前的建筑特点。美国国家公园管理处于当年奉命收购这处房产，那时石头房子是一个修汽车的小铺子。看到这些，深深感到保持特色的小镇，就是保持历史，就是文化的繁衍，是现代化建设不可缺少的。不能像有些人轻易地"拆、拆、拆"，以为新的就比旧的好，其实毁很容易，保留却是很难。华盛顿的历史不长，却很重视历史的遗迹。而中华文明古国，往往却对历史文化漠视，不惜毁坏珍贵的文化遗迹，而美其名为"文化革命"，实在是可悲可憎。

离开华盛顿的清晨，天空飘着细雨，我五点就起床，盥洗、整理行李。六点，市政府准时派了车在宾馆门口等我们，一位黑人女官员送我们去机场。这时街上行人稀少，下了雨空气显得特别清新。华盛顿，我们要向你说再见了！

七点半，在机场办完手续，我们同黑人女士握手告别，感谢她（他）们的热情接待。她甜美的微笑给人留下难忘的印象。

八点整，飞机按预定时刻起飞，在华盛顿上空转了半圈，冲破云层，向东飞去。顷刻，飞机升上万米高空，翱翔在云层之上，碧空万里，机舱内顿时阳光灿烂，云际间显露出大大的、圆圆的、橘红色的太阳，天空被染得通红通红，白云被踩在了脚下，这种景观在地面上是难以看到的。在地面上，人与云相距很远，可望而不可即，看到蓝天白云就十分满足；在飞机上，人可以亲近白云，可以穿透白云，腾云驾雾，云飘云散，变化莫测。有时似万马奔腾，巨兽相搏；有时似群山耸立，怪石峥嵘；有时风轻云淡，山川、田野、道路、房屋，清晰绚丽，尽收眼底。

飞行了三个小时（时差一小时），近十一点许抵达得克萨斯州的中心城市达拉斯。二战后，达拉斯发展很快，由市中心向郊区扩展，达拉斯——沃思堡机场附近的拉斯科林纳斯是按新的郊区风格做更系统规划的杰作。这个过去只有十九平方英里的牧场，现在有一个宽大的湖、运河和充足的得到精心维护的绿色优美环境，商业也有相当的水平，吸引不少大公司，如IBM（美国国际商用机器公司），杜邦公司等大公司来此设立办事处。办公空间不再拥挤在城里，有的居住也搬到了郊区。我们在达拉斯转机后，没有停留，直接飞往东京。

十二点起飞，天气很好，清风薄云，在飞机上能看清地面的山山水水，不一刻来到亚利桑那州，美国著名的大峡谷国家公园展现在眼前，看到科罗拉多河流过的谷底，河谷的两侧尽是悬崖、峭壁、高峰、小丘。这些悬崖、峭壁又由各种颜色，代表不同地质年代的岩层叠成。远观，其蜿蜒曲折，迂回盘曲，酷似一条绸带，在大地上宛转飘舞。在骄阳照射下，岩石颜色变化无穷，时而淡紫色，时而深蓝色，时而乳白色，真是五彩缤纷，美不胜收。飞机穿过大峡谷，气象万千的美妙景色一览无余。这是我们意外的收获。

沿着西海岸飞行，很快进入了太平洋。我们正在太平洋上空，俯视洋面，茫茫汪洋，似平静又不平静，不知不觉睡了几觉，但总不解乏，心里总是希望早点回到祖国，见到亲人。

十五个小时的飞行，下午两点半（当地时间）抵达东京羽田机场。我们没有出机场，只是在候机大楼休息，逛了逛免税商店，说是免税，其实东西贵得很，比美国的还贵，我们没有买什么东西。

下午四点五十五分，登上美联航897班机离开东京，飞向北京。登上这趟班机，很快就要到家了，大家心情特别激动。北京时间九月五日晚九点零五分，航班安全着陆，大家都欢欣地笑了，这次访问美洲，长途跋涉也是够累的，现在终于顺利归来。

第二次访问美国

纽约文化掠影

收到大卫·马门教授寄自纽约的来信，并附上一封邀请函，邀请我九月到波士顿出席 77 届国际城市管理协会年会（协会简称 ICMA）。信中说，这个协会是个国际性机构，是由二十多个国家八十多个成员单位组成。会员大部分是城市市长、市政经理和一部分城市专家。这次年会主题讨论全球城市问题和环境问题，共有全球三千多位代表出席，中国是第一次被邀请。马门教授还希望我们中国城市发展研究会推荐几位市长参加，总名额是五位。经请示有关方面，最后确定中国派代表团参加。团长为民政部行政规划司司长张文范，他曾任过甘肃兰州市长。团员有四川广元市市长王金祥、江苏江阴市副市长徐海锋、民政部国际司官员王洪波，我以城市专家身份参加。

临行前民政部副部长阎明复会见我们，他很客气，请我们先喝茶，然后像聊家常一样，说了一些注意问题，主要是强调这是一个大型国际会议，邀请我们参加，这是一次难得机会，要广交朋友，多学习别人的先进经验。他说，你们在美国还可以看几个城市，了解一下他们的城市建设和管理。谈到四川广元时，他说"抗日战争八年我在四川，小学、中学都是在四川读的"。我说那时我也在四川读小学、中学。他很感兴趣地笑了笑。会见时间不长，但阎明复给我留下质朴的印象。

九月十八日晨六时，小房开车来家接我，然后去财政部招待所接王金祥市长一同去北京机场。全团成员都到齐，出关手续很顺利，八点十分登机，八点三十八分航班准时起飞，先赴日本东京，然后转机飞纽约。在空中飞行了三个多小时，十一点十五分（当地时间）抵东京机场，这是我第三次到这个机场，一切都感到很亲切，好像是又会到了老朋友。只见各种肤色的男女，都在候机大厅里转来转去，语言虽然不通，但是，都有一个共同的旅途心愿，希望飞机不要晚点，能按时起飞。恰恰这个心愿我们没有得到满足。我们的航班原计划下午三点三十五分起飞，现在误点了，要到晚上九点多才能起飞，真使大家十分扫兴。我们乘的是美国西北航空公司的航班，由于他们的原因，补偿我们每人晚餐费二十五美元代金券，可以在机场商店就餐或购买食品。我们由于事先不知道有这个补偿，自己花了两美元，每人吃了一碗日本面条，感到味道不错，颇受大家赞扬，可能与肚子饿了有关系。后来得到这个补偿，又不能再吃一顿晚餐，只有在免税店买食品，我选了一些不易坏的又能带回家的食品，如巧克力、腰果糖之类的食品，每人都买了一大包，这是意外收获，大家开玩笑说，这是时间、生命换来的。

东京时间晚八点半,我们乘的飞机起飞了,直飞纽约。登机后,我是 58 排 B 座;A 座是一位韩国姑娘,她自我介绍是高丽人,我明白她是韩国人,那时我们同韩国还没有建交。小姑娘很热情,她告诉我,她是去纽约读大学的。她在飞机上不停地折叠小纸燕,消磨时间。她还教我怎么叠,居然我也学会了。我们的小台座上也摆了好几只纸燕。

长途飞行很累人,我也迷糊了好几个小时。一觉醒来,就开始吃早餐。然后电视教做早操,在座位上做,很有意思,这能有效地消除疲劳。其实,这时已是美国时间下午了。

美国东部时间十八日晚七点二十二分,飞机抵达纽约肯尼迪国际机场。经过出关验证,我们手续办得很快,因为我来过美国,全团人员一个小时也都顺利办完了。取完行李时,张文范司长发现他的箱子被撬了,可能是在东京转机时被人做了手脚,所幸东西没有丢失,只是他放在西服里的十美金没有了。经向航空公司交涉,只答应修箱子,不负责其他赔偿。看来就是放在西服里的十美金引的祸。

出机场大门,接我们的李晓全先生和爱林顿饭店的车已在等我们。李先生是一九八六年清华大学毕业后到美国工作的,娶了一位美国太太。到饭店后,他把在纽约的活动安排向我们介绍了一下,并征求我们意见。

我们在纽约的主要活动是到"美国公共管理研究所",与所领导和专家会面和座谈,了解美国城市的公共管理,特别是纽约的文化管理。同时参观纽约大的博物馆、艺术馆和图书馆以及几个著名的建筑。

　　美国公共管理研究所位于纽约市西44街55号三层，我们事先约定，上午十点先与维廉·加西那教授（所顾问）和马门教授见面。他二位都来过中国，马门教授我在北京也见过他，他曾和中国社科院财贸经济研究所杨重光教授合作过一个关于美国城市土地规划和使用的课题，他这个人很热心，对中国城市问题也很感兴趣。他是他们所的一位资深专家。非常巧，那天我们一上电梯就碰上了马门教授和加西那教授，他们一见到我们都很高兴，加西那教授是大嗓门的热情老头，马门同他开玩笑说，他在北京讲话，上海都听得到。

会见美国公共管理研究所加西那和马门教授

我们在他们所会议室见到所长杜瓦特·印克教授，他是位著名的城市专家，他曾受到尼克松、里根、布什三位总统的会见，在美国是位很有影响的人物。他说，他们研究所一九七八年就开始同中国建立联系，在北京，同科学院、大学与地方政府都有接触。他谈到我们将去参加的 77 届 ICMA 大会，是一次很重要的会议，美国都是比较突出的管理人员和专家出席这次会议。他希望会后我们多加强联系与合作。他同我们会见了约半个小时，然后，是他的高级顾问和研究人员同我们座谈。

加西那教授和马门教授分别介绍了美国的文化精神和纽约的城市特色。加西那说，美国文明虽然起源于欧洲，但它并不是欧洲文明的简单延长，而是欧洲文明和美洲荒原的新的历史的结合。他介绍了被誉为美国文化之父的十九世纪文豪爱默生的一篇著名讲演《论美国学者》，宣告美国不仅政治要独立，而且文化要独立。"我们要用自己的脚走路，我们要用自己的手工作，我们要发表自己的意见。"我们听欧洲温雅的文艺女神的话太久了，再也不要做欧洲人的附属。加西那教授说，所谓文化精神，其实就是一个国家和地区的价值观念、思维方式和生活方式等，是一个国家或地区国民得以区别其他国家或地区的最根本的东西。美国人在两百五十年间经历过的艰难险阻，形成了自己的性格和自己的哲学。这种独特的"性格"和"哲学"就是美国文化精神。

从历史渊源来看，美国不仅继承了英国的传统，也继承了整个欧洲的传统；不仅继承了十七、十八世纪的传统，也继承了两千年来的传统。美国文化来源于英国，但与此同时，美国的文化和制度的渊源可以追溯到希腊、罗马和巴勒斯坦。美国文化还有非洲黑人文化的因素。在美国，各个不同地区、不同民族、不同时代、不同背景的人，可能持有不同的价值观，美国是个包罗万象、非常复杂的国家，任何意见都会有分歧，任何决定都会有人反对。有赞成有反对，这是很自然的。美国文化精神也表现在诸多方面，比较突出的，我认为，首先是个人主义原则。个人主义是美国文化的核心，而这个核心就是始终承认每个人都有权利选择自己的生活道路，任何人都不得加以干涉和控制。个人主义并不等同于凡事以自我为中心，同自私自利有所区别，它的精髓是自主、自决、自负其责。美国人的这种个人主义与美国人崇尚独立是紧密联系在一起的。在所有与个人主义相关的文化准则中，也许没有哪一条比依靠自我更有力量。有人认为，美国人的这种个人主义应该理解为一种独立自主、自力更生的精神，因此，美国人从小就开始培养这种精神。成年儿女一般都自立门户，独立生活。"我的一切都由我个人负责"。个人的生活情况没有造成危害，没有干扰别人，就谁都管不着。谁要去他家访问，不论生人熟人，未得主人许可是不能跨进他家门的。警察也得有法庭传票或有充分理由才可进门。私人信件别人不能拆阅，父母也不能私拆子女的信件。属于个人私事，不能随便打听，不然就是不礼貌，更不应随意传播扩散。

其次，是实用主义哲学。加西那教授说，实用主义可以说是美国人唯一的哲学。美国前国务卿基辛格曾经说过，实用主义就是"美国精神"。它表现在美国人生活的各个方面。在经济方面，美国人喜欢实实在在的财富，不信浮夸虚饰。办事讲究实际，不花费无谓的钱，也不浪费无谓的时间。事事从实际情况出发，不拘形式，不拘教义，不拘习俗。在政治方面，他们非常厌恶那种空洞玄虚的理论和夸夸其谈的人，欣赏能解决实际问题的政策和对策。从事某项事业，先要看是否办得成，行得通，是否合算，是否有效益。杰斐逊告诫国人：美国的基本问题应在实践的舞台上得到解决，而不是在争论或学术舞台上解决。

第三，自由、平等、竞争的观念。机会均等和个人自由是每个社会成员自我实现的基本保障。加西那教授说，美国的自由也不是绝对按照个人意愿行事的无法无天的自由，而是指在法律约束下的自由。在享受自由的同时要尊重他人的权利，维护社会稳定。竞争是美国人群体内部激发其成员积极性的主要方法。从小学教室到工作单位，从企业经营到总统选举，处处都在竞争，激发人们奋起直追。与此相适，平等思想贯穿美国的各种社会关系，没有平等，就谈不上竞争。美国人谈的平等观不是平均主义。不是平均地享受社会财富，而是指权利和机会的均等，人不会因其社会、政治和经济地位低下而被剥夺平等竞争的机会。

第四，认真、努力、乐观的生活态度。加西那教授说，在美国人看来，工作不仅是谋生的手段，而且是人生活在世上必须履行的天职。美国人的信条是艰苦工作、勤奋工作，并认为偷懒是一种罪恶，比不道德还要坏。美国人在评价一个人时，首先关注的是他的工作态度和工作成就。"实干"乃是美国人占主导地位的活动方式。

加西那教授讲完后，马门教授主要介绍了纽约的经济中心和文化中心的形成。他说，纽约主要是由于经济特别是商业因素而发展起来的。由于是经济中心、商业中心，因而在文化上也逐渐成为一个中心。从文化的形成来看，正是这种发达的经济，对文化的发展提出了相应的要求，纽约的文化发展才比其他城市有着更加雄厚的物质基础。从文化的特质来说，作为经济中心的城市决定了纽约文化有着浓郁的商业色彩，或者说纽约文化在本质上是一种以商业文化为主体的城市文化。它在纽约的经济生活和文化生活中占有十分重要的地位，包括影视、印刷出版业、新闻媒体业、表演艺术业、绘画业、拍卖业，等等。如果说纽约的文化仅仅是一种商业性质的文化，那也是片面的。实际上，纽约的非营利文化也十分发达，众多的博物馆、图书馆、公园、体育场以及丰富的文化活动，使纽约成为美国公益性文化最集中、最有代表性的地方。在营利文化发展的同时，纽约的非营利文化的发达程度是美国其他城市以及其他西方发达国家所不可比拟的。纽约不仅大众文化发达，高雅文化也十分发达；不仅科学文化发达，人文文化也十分发达。

接着他说，纽约更像一个人种上的联合国，纽约市民来自二百三十个种族，一百二十个国家，讲一百一十五种语言。纽约不仅种族多，而且很多种族所形成的文化社区在美国甚至在世界上都是最大的。如今，纽约的希腊人社区，是希腊本土以外的最大的希腊人社区；纽约是亚洲以外最大的华人聚集地，有三十六万一千五百人；纽约的意大利后裔是意大利威尼斯人口的两倍；纽约是美国犹太人最多的地区，犹太人占全市总人口的百分之十二点二（二〇〇〇年数据），等等。看看纽约的人文地理，就会发现，纽约仿佛是由一个个小"国家"组成的城市，唐人街、印度街、德国城、俄国城、小意大利、小韩国、小哥伦比亚、犹太区、爱尔兰人区等。与此相适应，不同种族的区域，有着本民族的文字和语言，本民族的建筑风格，食品也有本民族的风格，甚至有本民族的学校和教堂等。总之，种族文化丰富多彩。

接着，所里的马铁尔教授又补充说，长期以来，纽约是艺术家、文学家最愿意居住的地方。很多文坛巨人、艺术大师都曾经把纽约当作其事业的舞台，包括马克·吐温、杰克·伦敦、约翰·里德等。世界文化人士认为，要想了解当今艺术的发展动态，就到纽约的曼哈顿去。纽约很多艺术馆，都以展示前卫艺术为己任，如现代艺术博物馆，常年展示各种前卫的艺术作品。

座谈会一直开到中午，加西那、马门、马铁尔三位教授陪同我们到"老虎餐厅"吃了一顿午饭。这个餐厅是个高级俱乐部，来这里吃饭的人都有一定身份，都需着装整齐，一般男士都西装革履。餐厅内部装饰高雅，就餐人员不太拥挤，我们选择了一个临窗的坐桌，饭菜有很多种花样，每人一份，由自己选。我选了一份清蒸鱼、法国汤和一个夹馅面包，味道还不错。加西那教授要的一大盘各色青菜，没有要荤菜，看他吃起来津津有味。饮料自己可以随意点。

从"老虎餐厅"出来，马门教授送我们上车，我们到42街的轮渡口，乘船游曼哈顿岛。一路两岸高楼林立，各类不同风格的建筑展现在眼前，有十几座通达曼哈顿的大桥，但最典型的是布鲁克林大桥，建于一八六七至一八七三年。在此之前，以钢铁来悬吊桥梁完全是不可思议的事，而工程师罗伯林则认为是可行的，于是经过他们父子的努力，终于建成当时世界上最长、而且是第一次使用钢铁悬索的桥梁。它不仅是现代化的交通设施，而且是一件建筑艺术的精品。大桥的跨度达四百八十六点五米，两端由哥特式花岗岩桥塔支撑钢缆。桥体坚实，造型舒展，充满着动感美、粗犷美。至今这座桥仍然在使用，它充分体现纽约人的文化创新精神，变不可能的事为可能的事。游轮渐渐靠近哈德逊河口，就看到举世闻名的艺术瑰宝——自由女神像，她耸立在贝德罗埃岛上（又名自由岛），面对着烟波浩渺的大西洋，高贵俊美，气宇轩昂。我是第二次见到这个"伟大女性"的巨大铜像，但仍有百看不厌之感。

游船刚靠岸，突然下起雨来，我们冒雨快步走，走到一家名为"友谊"的中国餐馆，我们既躲雨，也为了吃晚餐。每人一碗云吞、一盘虾仁炒饭，还配了两样小菜，完全是中国风味，大家很满意，每人平均不到六美元。老板是从台湾来的，到曼哈顿快三十年了，很会做生意，他说，在这里赚的就是辛苦钱。

他们每天要营业十几个小时。吃完晚餐雨也停了，我们想乘机漫步曼哈顿。

这时，街上人车滚滚，灯火闪闪烁烁，远远近近，人行道上走着不同肤色的人群，形形色色的服饰，五花八门的打扮，可来去又是那样的匆忙，给人的感觉这真是个快节奏的地方，连老太太也不甘示弱，似乎是也在赶场。在这种氛围下，我们的漫步、夜游就显得很不合拍，走了两条街，大家说，一天也够累的，我们还是回宾馆吧！

经过一夜的香甜睡眠，早晨醒来精神很爽。今天我们的活动分两拨，一部分人去参观联合国大厦，我约李先生陪我去参观博物馆和图书馆。纽约是美国文化设施最多、最集中的城市，走进纽约，仿佛走进了一座文化大观园。全市有一百五十多个博物馆，二百多家公共图书馆，三百九十多家剧院，二百六十多家电影院，四百多家艺术画廊，五百多家书店，一千五百多个公园和游乐场所，还有三千三百三十二个艺术、娱乐、休闲场地。纽约的博物馆种类繁多，应有尽有，其中规模最大、声誉最高的是大都会艺术博物馆，上次来纽约很想去看看，由于时间太紧，没有去成，一直感到遗憾，所以这次来纽约一定要去看一看。

上午九点，我们就来到位于第5大道82街1000号的大都会艺术博物馆。这个馆创办于一八七三年，现藏有世界各国古今艺术珍品二百多万件，其中几十万件常年展出。其规模之大，收藏之丰，令人惊叹。它与伦敦大英博物馆、巴黎卢浮宫和圣彼得堡博物馆（也称冬宫）并称为世界四大博物馆，被誉为"五千年艺术史的百科全书"。更使人感叹的是这里的门票费由观众看着给，给多给少都行，观众可以量力而为，自愿捐赠。让低收入者也有机会进入著名的"艺术殿堂"，也是体现了一种平等观。许多博物馆都是免费的。

大都会艺术博物馆设有十九个巨大的专题展览场馆，范围太大了，我只有重点地选择几个场馆参观。在二楼的非洲、亚洲艺术馆内看到陈列许多埃及文物，如珍贵的木乃伊彩绘木棺等；中国唐代韩幹的《照夜白》、元代钱选的《羲之观鹅图》。在欧洲绘画馆、素描馆里看到中世纪的基督教艺术与文艺复兴时期的作品，其中有文艺复兴三大著名画家达芬奇、米开朗基罗和拉斐尔的人像素描；十七世纪荷兰画家林布兰特的亚里士多德像以及画家一六六〇年的自画像。还有著名画家维米尔的《持壶少女》，凡·高的《自画像》，莫奈、马蒂斯、德加的真迹等。我还看了最具特色的服饰馆、兵器盔甲馆、乐器馆的许多展品。时间过得飞快，走马观花地参观也到了下午。深深感到，一个国家，一个城市，博物馆实际上就是这个国家、这个城市的眼睛和宝库，它可以点亮人们的心灵之灯，发掘智慧之源。馆内有卖快餐的，我们急急忙忙地吃完快餐，就奔下一个参观目标——纽约公共图书馆。

图书馆是贮藏知识的场所，也是贮藏文化的场所。在纽约，公共图书馆既是一个图书中心，又是一个信息中心、社交中心。图书馆不仅图书资料十分丰富，而且提供各种信息，包括城市发展信息、社区服务信息、文化活动信息、就业信息等，这些信息通过印刷和非印刷的方式（声像资料等）提供给读者，为读者带来极大的方便。同时，图书馆还是一个教育、培训中心。包括对儿童学前教育、在校生的功课辅导、兴趣班、成人文化提高班、新移民英语培训班以及老年人的有关项目等等。还经常开办学术讲座，许多著名人士、学者经常被邀请到纽约市的公共图书馆作报告、讲演。

纽约公共图书馆设有四个研究馆，即人文社会科学研究馆、工业与科学研究馆、黑人文化研究馆和表演艺术研究馆，另有分馆八十五个，分布在各个区。全馆现有各类图书资料三千万册（件），每年有一千五百万人次读者，图书馆网址每月接受来自一百四十五个国家的八百多万名读者咨询。我去访问的纽约图书馆是曼哈顿分馆，规模也很大，任何人都可以到馆里阅读书籍，进馆时不必提交任何证件。任何在纽约居住的人都可以凭任何一种居住证明（如电费、电话费或煤气费单等）免费办理借书证。借书证在一两分钟之内即可办好，十分便捷。借还图书也很方便，除个别外，绝大多数图书都实行开架阅书和借书；所有图书馆图书目录都已上电脑，分馆与分馆之间、系统与系统之间互相联网，在任何一个分馆都可以查到整个图书馆系统的图书，也可以查到其他系统的图书。读者可以凭本系统的借书证可以在任何一家分馆借书、还书。图书馆还在门外设有自动还书箱，二十四小时接受读者还书，专门为那些在下班后还书的读者提供方便。读者只需将书卡放进一个像邮筒一样的箱子里即可。图书馆还设有专人为读者咨询服务，还负责为读者找到本分馆没有的图书，还可为市民以邮寄方式借阅图书，且邮资由图书馆支付。另外，多种语言服务。纽约是移民城市，图书馆不仅提供英语，而且还提供主要语种，如西班牙语、俄语、汉语和犹太语等文献。有的图书馆还拥有大量的中文图书。我这次来纽约公共图书馆其实主要不是来看书，也不是来借书，而是来看这座有名的文化设施和它的运作，我深深感到它的最大特点是处处为读者着想，周到的服务，给读者提供方便。在回宾馆的路上，我一直在想，我们天天在说"为人民服务"，可是落实到具体事情上，不知道究竟是谁为谁服务，但愿各行各业都想一想这个问题。

第二天是星期天，我们没有安排集体活动，让大家自己安排。上午在我们宾馆附近摆出了一个"跳蚤市场"。据说，只有星期天才有，平时上班时间没有。这倒很新鲜，很想去看一看。约了徐海峰副市长一起，走到"跳蚤市场"。这里是用绳子临时围了一片空地，卖各种小商品、工艺品、书籍、家具、服装、小家电，自己家里多余的，用不着的东西……五花八门，进市场的人，不管买不买东西，要交一美元的入场费。我们抱着好玩的心态，花一美元，入了场。场内人很多，都是来寻"跳蚤"商品的。它的特色就是价格便宜，可以互相砍价。我们转了一大圈，没有发现我们想要的合适东西，但却了解到一个小故事，就是为什么叫"跳蚤市场"？据说，在一八九五年，法国某市一市民出外买了一件便宜的旧衣服，回家后发现衣服上有个跳蚤，后来几经演变发展便形成了现在的所谓"跳蚤市场"。这个故事有多大的可靠性就很难说了，但"跳蚤市场"却在许多国家发展起来，我在俄罗斯也见过这种市场，还买过一对套娃。

下午，去纽约中央公园。这个公园是纽约及美国公园的代表，号称美国第一个对外开放的大型公园。它的出现不仅带动了美国公园的发展，而且还推动了伦敦和巴黎的大型公园的建设。评论家说，中央公园虽然不是一栋建筑，却是"纽约最伟大的建筑"。中央公园本身是一个多功能文化综合体，它对纽约居民的文化娱乐和日常生活具有十分独特的作用，每年吸引一千五百万游客。中央公园位于寸土寸金的曼哈顿中央，横跨第5、7、8大道和美洲大道，从59街延伸到110街。它宽八百多米，长达四千多米，占地三百多万平方米。公园不仅有大面积的湖面、草地和丛林，而且有众多的文化体育设施，仅大小球场就有三十多个，露天剧场两座，大型溜冰场两座，有四十七座喷泉和世界名人雕像，还有儿童游乐场和动物园。

公园里散步、慢跑、滑旱冰的人随处可见，观赏、阅读、交谈、唱歌、徘徊、思考、日光浴、等候……各色人群都在这里相聚，街头画家也在公园为游客画像作为留念。美国前总统肯尼迪夫人生前常与女儿和孙女来园内散步，她还在中央公园的第5大道旁购买了一套公寓，就是为了观赏中央公园。可以说中央公园是纽约城市文化的缩影。

每年夏天，纽约最有名的音乐团体如纽约爱乐交响乐团都要在园内举办露天音乐会，上演古典音乐节目时，为无数的音乐爱好者带来清凉的享受。

中央公园还是跑步者的天堂。每年十一月，国际上最盛大最主要的纽约马拉松赛跑的终点就设在中央公园，来自世界的顶尖选手在穿过纽约五个行政区之后，最后回到中央公园。

走出公园，原打算去外百老汇看一场演出，所谓的外百老汇，就是百老汇以外的，泛指其他地方或者小的剧场上演的一些戏剧。外百老汇的演出水平并不一定比百老汇低，有时甚至还要高一些。而票价相对比较低。但我们没有选到合适的剧目，也就没有刻意去找了。

纽约以方便步行出名，所以比较近的地方一般都是步行，这也为街头表演者提供了源源不断的观众。纽约街头集中了很

纽约曼哈顿街头

多各色各样的表演艺人，也有的被称为外百老汇。在街头这个永不落幕的舞台上也正演着五彩缤纷的节目，特别是黑人的表演又那么忘情，那么热烈，只有脚下收集钱币的盒子提醒着过往行人，他们的热情表演也是谋生存的手段。我们在一个地方看久了，也会给他们留下一点钱，不能总吃免费的午餐。

纽约作为美国的第一大城市，对文化的重视比其他城市有过之而无不及，文化在纽约的城市发展过程中被放到战略的高度，而城市又是天然的适宜开展和维持文化艺术活动的地方。纽约学者认为，文化建设基本的功能在于向人们提供自尊和力量，从而给周围环境以影响。文化建设可以用于改变一个地区的形象。技术和文化建设项目还可以刺激经济增长、创造就业、培养就业技能，而且还可以在复杂的环境中了解我们自己。因此，文化建设的主要作用是修补完善我们社区的社会结构。过去我认为纽约就是个花花世界，这次我却看到文化对纽约各方面的发展起到巨大的推动作用，这个大都市蕴藏着深厚的文化素养，而且这是方方面面的，来纽约不能不了解纽约的文化。

九月二十一日中午，我们乘了一辆中型面包车，离开纽约，奔向波士顿。

历史文化古城波士顿

波士顿是美国东北部新英格兰地区濒临大西洋最大的港口城市，是马萨诸塞州的首府，是美利坚合众国"最古老的城市"。它是美国历史的摇篮，自一六二〇年"五月号"帆船从英国载来第一代移民之后，波士顿就在美国历史上扮演了重要角色。十七世纪三十年代英国殖民者在此建立了定居点，到十八世纪中叶，波士顿一直是北美洲第一大城市，在美国建国过程中，波士顿发挥了举足轻重的作用。一七七五年四月十九日，波士顿民兵与英军在波士顿的莱克星敦和康科德交火，打响了美国独立战争的第一枪。美国许多历史事件和重要名人都与波士顿有关。无论在人文历史还是自然景观都得天独厚，是美国大东北的一方风水宝地。

离开纽约，在高速公路上急驰了四个多小时，风轻云淡，晚霞夕照，傍晚时分抵达波士顿。车驶进了市区，华灯初上，五光十色，街道错综复杂，看着地图也很难找到想要去的地方。开车的李先生在街上转了几圈，就是找不到我们预订的玛瑞特饭店，正在犯愁之际，遇上一位中年男士，非常热情友好，详尽地为我们指明道路，并用他手上拿的一张新报纸画了一张草图交给李先生，我们都为这位热心人所感动，大家一再招手向他致谢。按照这位热心人画的线路，终于找到这家饭店。这是一座五十层高的豪华饭店，大厅灯火辉煌，宽敞明亮，住宿的房间很大，除了两张床外，还放了一圈沙发，可以围坐五六个人。

晚饭后，我们正准备整理行装休息，满头白发的维廉·加西那教授带着他的中国留学生来看望我们，并且带了一盒中秋月饼。他一进屋，就笑着说："今晚我来同你们一起过团圆节！"他这一说，我才想起今天是中秋佳节。望着窗外的明月，顿时勾起思念祖国、思念家乡之情，这是我第一次在国外过中秋，只能同家人万里共婵娟。接着，加西那教授说："这是从唐人街买来的月饼，你们尝尝味道如何？"我们每人都拿了一小块切开的月饼品尝，也请加西那教授尝尝，大家都感到香甜可口。我说："吃着这月饼就像在家乡过节一样，太感谢您了，加西那教授。"他很高兴地笑了笑说："按照你们中国人的说法，我们有缘分，在一起过团圆节。"然后，他向我们介绍了波士顿和77届国际城市管理协会年会的情况。

他说，波士顿是被称为"美国雅典"的文化古城，拥有许多占美国第一的纪录。他举例，美洲殖民地第一家报纸《大众新闻》是一六九〇年在波士顿创刊；北美第一所大学哈佛大学一六三六年创办，开创了美国设立大学的新纪录；美国最古老的中学波士顿拉丁文学校一六三五年建立；波士顿英语中学一八二一年开课，是美国公立中学的开始；建于一八五二年的波士顿公共图书馆为世界著名的大型图书馆之一；成立于一八八一年的波士顿交响乐团不仅在美国五大交响乐团首届一指，而且享有世界声誉，经常在外国演出，也访问过中国，等等。他说，波士顿是美国最安全、最有气质的城市一点都不夸张。另外，每年有许多国际会议在这里召开。这里的会议中心规模很大，几千人开会，吃、住、开会都可以不出楼。加西那教授还具体介绍了 77 届国际城市管理协会年会的主要议题。他说，主要是讨论和交流全球的城市管理和环境问题以及对城市管理者的分析。出席这个会议的有二十二个国家三千五百多名代表，美国各州的地方政府均有代表，亚洲出席的国家有日本、印度、巴基斯坦、韩国等，中国是第一次被邀请参加。

我看时间不早了，就请加西那教授回去早点休息，我送他出宾馆大楼。这时，皓月当空，月光皎洁，我舍不得回房间，对着夜空，欣赏着这迷人的月色。回国后，我同家人谈起，感到"看美国的月亮总比中国的月亮明亮，似乎大一点。"结果立刻受到嘲笑，批我"崇洋媚外"。最近读了中国社科院文学研究所研究员王俊年先生的一篇文章，他也有同感，文章说："记得小时候上政治课，老师批胡适，说胡适讲'美国的月亮比中国的月亮圆'，这是彻头彻尾的崇洋媚外，是美帝国主义走狗、汉奸卖国贼的言论！胡适在何处说过这话，我没有去查考。不过我想，老师的教导无疑是正确的，同一个世界，同一个月亮，怎么会那里比这里圆呢！大陆改革开放后，钱锺书从美国考察回来说，'美国的月亮比中国的月亮明亮'，我听了不禁惊愕：怎么他说了数十年前类似胡适的话呢？这又不是崇洋媚外的言论吗？然而，很奇怪，二〇〇四年我到了美国，竟然觉得不仅美国的月亮比中国的月亮明亮皎洁，而且美国的天空比中国的天空蔚蓝澄澈，美国的太阳也比中国的太阳光辉灿烂——这究竟是怎么回事呢？难道我的眼睛出问题？"接着他说："二〇〇六年末，有一位美国朋友对我说，美国城市的空气污染指数平均为二十左右，其中洛杉矶最严重，是二十六。而北京市的污染指数是一百四十七，超过美国的七倍多。"[1]可能这是一个原因，后来，我就此问题请教了一位天文学专家，他说，在不同的时间，不同的地点，由于太阳与月亮运行的距离远近和角度不同，在地球上看到月亮的圆度和大小会有不同，这没有什么奇怪的。他还说，据天象预报，今年（指二〇〇五年）最大最圆的月亮将在七月二十一日现身夜空。根据精确推算，该晚七时，望月从东南升起，而地球运行到月亮和太阳之间，月亮此时恰好"直面"太阳，并将太阳能的光都反射给地球，呈现"最圆"的美丽景象。当晚的下半夜凌晨四时，月亮又将运行到距离地球最近的位置上，因而地球上的人们看到的这轮明月，将比平时要大些。他这一说，我才明白这根本不是什么"崇洋媚外"的问题，而是正常的自然现象。

---

[1]　王俊年：《零距离看美国》，《悦读》（第三十五卷）二十一世纪出版社二〇一三年十二月版，第七十九页。

第一天上午到会议接待处报到，给我的第一印象是会议工作人员很少，只见到两三个人。但是办事效率很高。一看我们的名单很快就把我们全团人员的所有材料都找齐了，包括会议卡、宴会、酒会的请柬，会议论文等，我们每人领了一大包资料。特别是厚厚的一本会议指南，详详细细地登载了会议五天的全部活动，每个小时干什么都很清楚，都注明地点、几楼几号，主持人、报告人，充分显示了会议的组织水平。这次会议规模大，内容丰富，大、中、小会议一百多个，每个代表根据自己的兴趣选择参加，如果同时想出席两个会议，则可以去借另一个会议的录像带看。大会小会的开会地点，就在我们住的饭店的中央会议中心大楼，这里有好几百间大小会议室，可以同时举行

出席国际城市管理协会 77 届年会

许多会议。围绕会议中心大楼的四周有好几家几十层高的大饭店，几千名代表就住这几个饭店里。开会时，从饭店到会议中心不需要乘车，也不要出饭店过马路，而是穿过与会议中心连接的空中走廊，直接到达会议地点，开会集中、分散都很方便。

　　饭店附近有一个名为凯普瑞广场，这里有一座古老教堂，波士顿城里教堂很多，都是典型的欧洲风格。远远望去，教堂宁静悠然，代表着一段历史，而与教堂相对的是几座现代化大饭店，虽然感到有点不协调，但是广场的布局却很有特色。白天有许多老人、游人坐在广场四周的椅子上聊天、休憩，晒太阳、喂鸽子。成群的鸽子，撒一把食饵都飞过来，边吃食、边同你做伴，不惧怕人。我们在广场走了一圈，突然发现有一家挂着

波士顿凯普瑞广场

很显著的中文招牌"北京饭店"，有人建议，中午我们就在"北京饭店"吃饭吧，受到大家一致赞成。

我们刚走进饭店的门，老板就热情迎接，他自我介绍在波士顿已经几十年了，他从云南来。后来进一步攀谈，才知道他是龙云（民国时期曾任原云南省长）的第五个儿子，来波士顿后开了这家饭店。现在生意很好，不仅中国客人常来，美国客人也很多。他说，阎明复先生还来过这个饭店。他用了许多中国留学生做临时工，每周不超过三次，每次二小时，这样不影响他们的学习。老板征求我们意见，问我们想吃点什么，我们请他搭配，他给我们配了一桌有当地特色的菜肴。在等菜的时间，老板还给我们介绍了波士顿的三大怪：第一怪，鸭子满街跑，逢人呱呱叫。其实所说的"鸭子"并不是真正的鸭子，而是二战美军所使用的水陆两栖登陆艇，有点像鸭子，现在作为旅游车，接待客人，也称鸭艇。驾驶员会在客人上艇后，告诉客人，等他喊"一、二、三"时，全体人员一起学鸭子的"呱呱呱"叫声，路旁的人也会"呱呱"几声回应，整个波士顿仿若掉入鸭巢般，"呱"声不绝于耳。"鸭子"会在绕行市区后，滑入查尔斯河，让客人欣赏沿岸风光。第二怪，街名取得怪。波士顿的街名，大概是全美最怪的，有些街名让人啼笑皆非，有的一看永远忘不了。例如，在市区，就有以美国总统或历史命名的街道，如林肯街、富兰克林街、约翰·肯尼迪街等，另外，在靠近东南方的旧市区，街名则以怪出名，如牛奶街、睡觉者街、电池街、灯号街等。据说，这些怪街大都比较靠近波士顿的港边，可能

是早年街上以集中卖某类新产品而得名。第三怪，是餐厅名字
怪。波士顿是吃海鲜的天堂，但几家有名的卖海鲜的餐厅，名
字也是很怪的。如在联合街 41 号的联合生蚝店，但店内卖的
龙虾，比生蚝还出名。这家在一八二六年开业的海鲜店，也是
全美历史最久、至今还在营业的餐厅。在波士顿街上，它还有
五家分店，招牌到处可见的"合法海鲜店"，在它的餐巾纸上
就印着"如果海鲜不新鲜，就不合法"，可见多有气魄。龙老
板还笑着说："今天我们店给你们做的龙虾也是很新鲜，不新
鲜不合法。"

　　波士顿的街道显得很干净整洁。午饭后，顺便在街上漫游
了一下，给我一个特别印象是书店多。一条街上走不几步就

波士顿街景

会有一家书店，书店的数量多于百货店和食品店。有的书店二十四小时不停止营业。这些书店不论大小，设计得都很讲究、合理，宽敞明亮，把书籍分门别类，开架排列，任顾客随意翻阅和选购。甚至有的超市、文具店、旅馆也卖书。为了招徕顾客，一般的书店都希望有更多的顾客进店翻阅书刊。有的书店挂出牌子"欢迎只看不买"，实在很可笑。这里，充满着浓郁的文化气息，波士顿不愧为"美国雅典"，是美国最安全、最有气质的文化城市。

下午，我们出席了一场别开生面的国际城市管理协会的大会开幕式。主席台上没有豪华布置，只摆了一个讲台，两把椅子，几千人坐在一个很明亮的大会堂里，中国代表团被安排在前区就座。会场的下面两侧插满了 ICMA 成员国的国旗，会议正式开始时，一个穿着民族服装的老头摇着铃，在场内绕了一圈，这就是宣告开幕。接着，会议主席宣布大会议程，第一项就是健在的历届主席亮相。一个个地宣布名单，然后，原主席携夫人手挽手地或单身者由第一排走上主席台，上台后，向大家招招手致意，然后又走下来回到原来的位置上。由于是一个个宣布名单上台又下来，这个方式进行了十几分钟，充分显示了对过去协会领导人所作贡献的肯定和尊重。

现任协会主席简短地讲了协会的工作，并且介绍了出席会议的外国代表团，当宣布中国城市代表团作为特邀代表第一次出席 ICMA 的年会时，全场响起热烈掌声，我们全团成员都站起来向各国代表挥手，顿时全场气氛活跃起来。

与国际城市管理协会年会负责人合影

　　会上，第一个发言的是英国代表团的一个代表，他一开头，就十分诙谐地说："英国坏蛋又回来了！"全场代表哄堂大笑。因为波士顿十七世纪时曾作为抗英运动的中心，当时英国殖民统治者制造过"波士顿大屠杀"。所以这位英国代表的玩笑话，就相当于我们中国人说"胡汉三又回来了"一样。他的整个发言都很风趣，不断引起笑声和鼓掌，他比较多的是谈城市的社会问题。最后发言的是两位记者（夫妇俩）同时登台讲演，一唱一和，有点像中国的说相声，有时他俩之间也有分歧，互相吵起来，常常引起全场大笑。他们讲的都是当今全球有关的政治经济问题。在他们的讲话中，会场的代表有时也用麦克风打断他们的发言，提出许多问题，请他们回答。也有的不同意他们的观点，当场争论。在其他人发言中，也有这种情况，当场互相提问、驳斥、争论。大会开得生动活泼，一直开到下午六点。

晚上七点，在一家大酒店举行冷餐会。几千人在一起吃自助餐，对我来说是头一回，颇感新鲜。虽然人多，但秩序井然，每人给一张酒票，可以自取一杯自己喜欢的酒，其他饮料不受限制。没有坐桌，站着喝酒，吃点心佳肴，边吃边聊天，十分和谐，我同徐海锋先生常在一起，有时也同外国朋友打打招呼，碰碰杯。晚上十点，我们又出席了一个小范围的鸡尾酒会。会上我们代表团团长张文范先生向现任协会主席赠送了一幅江阴产的双面锈，图案是一对猫，色彩鲜艳，神态逼真，两对眼睛炯炯有神，引起了在场人的轰动，都争先恐后地来观赏、拍照，大加称赞中国姑娘的精巧手工。一位美国女士十分赞赏，惊呼："太好了，太美了！"急忙捧着它照了张相，还不舍放下。

关于世界城市发展趋势，是受大会代表普遍关注的问题。当然，各国情况不一样，看法、做法也不完全一致，但是，共同的结论是，各国城市的发展要适宜自然和经济条件，尤其要重视环境的改善，自然、经济、社会协调发展是世界城市发展的方向。大家都普遍强调，无论是已实现工业化或正在向工业化、现代化发展的城市，都要处理好人与自然的和谐。一方面，要加强城市的基础设施建设，提高综合服务功能；另一方面，要适当控制城市人口密度和防止工业及其他行业的污染，创造美好的人工环境，提高绿色意识和宜居意识。

会议期间，会议组织者还专门为我们代表团安排了四次小型会见，先后与美国、加拿大、澳大利亚以及南美国家的一些城市市长、市政经理会面座谈，交流大家关心的城市发展和管理的一些问题。美国加州的一位市长说："在加州我们是控制城市发展，特别是控制工业发展，要求城市多建居民住房、公共设施和道路，但不允许扩大城市土地面积。"我说："这不是一个难题吗？"他耸耸肩，笑了笑，表示无可奈何。我这才体会到美国市长也有许多难办的事。佛罗里达州的一位市政经理介绍了他们那里保护生态环境的情况，他说："在我们那里要填一块沼泽地，必须同时在别的地方造成一块沼泽地。法律还规定限制向海洋排污，因为海边一般都是旅游胜地，而且与沼泽地相连。"美国的市政经理有点像我们的常务副市长，主要管理城市的日常事务。加拿大的一位市长谈到政府和企业的

出席国际城市管理协会小型座谈会

关系时说："政府能够对企业提供的帮助，最好是不帮助。因为政府干预企业往往并不成功。"他不赞成用刺激和奖励的办法鼓励企业投资。他认为："在哪里投资应当由企业自己评估来决定，应当根据经济效益和市场需要来决定。"对土地的使用，他们是政府作规划，私人根据市场需要来建设，其中要有百分之二十的廉价住房。市政府没有公共地产，私人建房时，政府要收一部分费用，用于消防和公共交通等。一次性收建筑费，然后每年收税。每一次会见，大家交谈都无拘无束，互相都提出了许多问题，彼此增进了了解，增进了友谊。

会议闭幕也很别致，在一座很大的餐厅举行，先举行颁奖仪式，对城市管理的优秀工作者，包括市政、经济、教育、建设、治安管理、规划管理等领域的杰出人物，用录像介绍他们的事迹，然后由大会主席颁发奖状。同时，大家边吃自助餐，边聊天，吃完饭会议也就结束了。会议没有更多形式，却开得井井有条，很实际。我们感到收获很大，很受启发。

美国最早的大学哈佛大学

　　维廉·加西那教授告诉我，他的母校是哈佛大学，公共管理的博士学位就是在哈佛取得的。哈佛大学肯尼迪行政管理学院现任的政治研究所所长是他的好朋友，他征求我的意见，愿意陪我们去参观哈佛，并拜会那位所长。我满口答应，说："这个机会太好了，这次来波士顿非常想去哈佛，哈佛是世界最著名的第一流的大学，早就向往了。"于是，我们确定第二天就去。

　　清晨，我们提前吃了早餐，与加西那教授一起乘车前往。很快我们就来到查尔斯河畔闻名遐迩的哈佛大学。走进校园就感到哈佛的古老而典雅，没有太多的现代高楼大厦，大都是三四层的红砖古老建筑，具有旧大陆时期的庄重风格，不愧为美国最早的大学。很有特色，古木森森，绿草茵茵，处处呈现浓郁的学府文化气氛，使人心醉。我们看到中国清朝政府为感谢哈佛大学培养中国留学生而赠送的立于校园的几块由赑屃驮着的石碑。在建筑群中，最吸引人注目的是园内唯一的坐姿铜像——约翰·哈佛。

据资料载，哈佛大学最初的校名是"剑桥学院"。当年毕业于英国剑桥大学伊曼纽尔学院的年轻牧师约翰·哈佛，登陆美洲后不久就开始操心精神传播问题，到处游说："我们从现在起，就应节衣缩食，办一所大学，让我们的后代从欧洲教育的终点开始。"一六三六年十月，由马萨诸塞海湾殖民地议会通过决议，拨款四百英镑租校舍，筹建一所像英国剑桥大学那样的高等学府，约翰·哈佛是七十名学院筹委会成员之一。

在哈佛大学校园

一六三八年在马萨诸塞的"剑桥学院"正式招生。第一届学生共九名。一六三八年九月，哈佛先生因肺病去世。临终前，将自己的全部图书（约三百二十卷）和一半的财产（约七百八十英镑）捐献给襁褓中的学院，这是学院成立以来得到的最大一笔捐款。这个义举感动了移民中的许多热心人士，纷纷慷慨解囊。一六三九年三月，当地议会通过决议，为纪念办学经费的主要捐赠者约翰·哈佛先生，把这所学院改名为"哈佛学院"。一七八〇年哈佛学院升格为哈佛大学，此名沿用至今。一八八三年，学校的董事会要给哈佛立一个铜像，但真实的哈佛先生已经过世两百多年，并未留下相片或画像。雕塑家就在那时的学生中挑出一个，认定他就像哈佛，以那个学生为模特，换上十七世纪清教徒的服饰，于一八八四年完成铜像的浇铸。

历经三百多年的发展，哈佛大学现在规模庞大，共设十二所学院，其中本科生院两所，研究生院十所。在校学生将近两万人，教授约有两千名。哈佛大学的学生来自美国各地以及全世界一百多个国家。哈佛的校训是拉丁文，中文的意思是"让柏拉图与你为友，让亚里士多德与你为友，更重要的，让真理与你为友"。众所周知，柏拉图作为一位古希腊的哲学家，对欧洲的哲学乃至整个文化的发展，有深远的影响。亚里士多德是柏拉图的学生，在柏拉图死后，他不是简单地继承柏拉图的理论，而是在总结和批判前人哲学思想的基础上，创造了与老师截然不同的哲学体系，亚里士多德有句名言："吾爱吾师，吾更爱真理。"哈佛的校训发挥了这一理念，鼓励学生勇向一切权威提出质疑的思想和行为，深深刻印在哈佛师生脑海，出现了一代又一代名人，对科学和文化做出重大贡献。哈佛的校徽也是拉丁文的两个字"真理"。追求真理是哈佛教育的崇高目标。

上午十点，维廉·加西那教授陪我们来到肯尼迪行政管理学院，全称是约翰·菲茨杰拉德·肯尼迪行政管理学院，是以美国第三十五任总统的名字命名。该院建于一九三五年，学生修完规定的课程可以分别获得城乡规划硕士学位、公共事务管理硕士学位、公共政策硕士学位、政治经济及行政管理博士学位、公共事务管理博士学位、公共政策博士学位、城市规划博士学位等。我们是到他们的政治研究所，也有称政府研究所，所长是个高个头，细长的身材，对我们的到来表示欢迎。他着重介绍了学院的教学和研究工作情况。他说，目前学院有十四个中心（也就是研究所），三十九个研究项目。在学院的中心和项目之下还有"项目"。尽管组织项目众多，但都相对独立，严格按照既定的使命、目标、计划运行。每个承担团队和组织、每个项目都是年初有预算，年中有检查，年末有审计。研究项目绝大部分是根据社会需求确定的，纯粹的理论研究项目较少。哈佛的教授们明确：大学的职责是为养育自己的社会服务的，问题是如何才能为社会做出最大的贡献，这是哈佛各个学院和中心经常考虑的问题。

所长说，哈佛大学三百五十多年的历史，是一部发展与变革互相交替、互相推进的历史。开初，也就是创建后一个半世纪的哈佛学院，一直是以英国的牛津、剑桥两所大学为模式，以培养牧师、律师和官员为目标，特重人文学科，学生不能自由选修课程。十九世纪初，高等教育课程改革的号角在哈佛吹响了，崇尚"学术自由"和"讲学自由"。"固定的学年"和"固定的课程"老框框受到冲击，自由选修课程的制度逐渐兴起。一八四一年，哈佛正式采用选课制。按照自由选修制的要求，攻读一种学位，可有十六门课程供学生选修。只要符合规定，便可取得相应的学位。打破了过去固定的四年学制，成绩优异者三年内即可取得学位。后来，哈佛又不断推出新的教改方案。从一九一四年起，实行"集中与分配制"，所谓"集中"是指从十六门可供选择的课程中，必须选六门本系的专业课，以保证重点；所谓"分配"，是指另外的六门课，要从三个不

在哈佛大学肯尼迪管理学院与政府研究所所长交谈

同的知识领域中各选两门，以保证学生具有比较广泛的知识面。余下的课任学生自由选择。这种制度既保证专业课学习的深度，又能扩大学生的视野，也可给学生的个人爱好留下适当的余地。

他认为，每个学生天生的爱好和独特的才能都应当在教育中受到尊重，只有充分发挥学生的独特才能的课程，才是最有价值的课程。只开设必修课是传统的呆板的教学程式，这种千篇一律的做法，只能培养庸才；而选修制则能满足个人的不同兴趣，把学生学习动机从外加的转为内发的，从而能够最大限度地提高学习质量。

他告诉我们，他们学院也担负着培训市长的任务，教学方法很灵活，没有固定的教材，重点是进行案例分析，回答市长们提出的一个个具体问题。我很赞赏他们的这种培训方法。他还说，他们正在准备接受中国市长的培训。我们彼此交谈得很亲切。

接着他还说，哈佛大学的课程改革从未停滞不前，他们在不断研究推进，他们还研究在普通教育中哪些课程是核心课程或称基础课程。他们深切认识到，不论学习任何专业，都必须有深厚的基础知识。"根深叶茂，本固枝荣"，这一思想在哈佛教学中一直是很明确。他们几乎年年都在调整课程，不断增加新内容。

肯尼迪管理学院及其所属的研究所，一直很重视教学课程的调整和研究课题项目的选择，同时十分强调"功夫在外"。教学中，一般不允许老师请假停课，学生一般也不会缺勤。为了更好地介绍某方面的知识，或者更好说明某个问题，主讲老师有时会邀请其他专家到课堂上与同学交流。在课上，学生可以随时发问。在课下，学生可以预约与老师面谈。每一位老师都有规定的办公时间。每一门课程到期末都要接受学生评价，网上公布结果。该学院每门上课时间为每周两次，每次八十分钟。上课主要起检查、指导、交流的作用。大量的功夫在课外。每次课后，经常有三十至五十页的阅读，甚至更多。有位教授对学生说："你学我这门课，你就只能一天睡两小时。"因为他留下的课外阅读特别多，而且还要写读书报告。哈佛的博士生，一般每三天要啃上一本几百页的厚书，还要交读书作业。另外，学生还要参加一、二小组案例讨论，期末要完成长度二十至四十页的论文一至两篇。课外功夫至少是课内的三至四倍。

能考上哈佛的学生当然都是非常优秀的，但进了哈佛的大门，就不一定是最优秀的了，因为哈佛集中了世界各地的优秀人才，"天外有天"，竞争的压力特别大。哈佛实行淘汰制，平均每年有大约百分之二十的学生会因考试不及格或修不满学分而休学、退学。在本科毕业生中能直接考入哈佛研究生院的只有百分之十到百分之十五，竞争程度之激烈可想而知。初次走进哈佛的学生大都要经历过一个心理调整的阶段，才能适应新的教学方式和承受更多的心理压力。

哈佛图书馆是很有名气的，所以，离开肯尼迪管理学院，我就提议到图书馆看看。哈佛大学图书馆始建于一六三八年，是美国最古老的图书馆，也是美国最大的大学图书馆。哈佛大学图书馆是一个大型的群体结构，由九十七个分馆组成，其中一部分属于各个学院、学系及研究中心；另一部分属于专业分类图书馆，如自然科学图书馆、社会科学图书馆等。哈佛大学图书馆拥有书库一百多个，藏书一千万册以上，藏书量仅次于美国最大的国会图书馆。大部分书库设在坎布里奇（哈佛所在地）和波士顿，有些书库设在首都华盛顿。在意大利的佛罗伦萨，也设有哈佛大学的书库。我们来到怀德图书馆，是哈佛大学的主要图书馆，为全校师生的研究和学习服务。藏书有八百多万册，主要是历史学、经济学、语言学、文学等领域的图书。在哈佛大学学生的学习是不分白天和黑夜的，所以图书馆清晨四点都是灯火通明，座无虚席，许多学生几乎整天泡在这里，吸取不尽的营养。哈佛大学还有一座燕京图书馆，是专门收藏古今中文图书和期刊以及美国出版的中文书刊。图书馆的大楼古朴典雅，一对石狮雄峙大门两侧，门额高悬"燕京图书馆"五个赫然醒目的汉字。正巧碰上了一位北京大学毕业在此读硕士研究生的学生，我随口问了他一句："在哈佛学习有什么感受？"他回答也很干脆："就是时间不够用。"他进一步说："我在这里一个月的阅读量比我在北大一年的阅读量还要多，否则，没法融入课堂教学中交流。"我想这可能是事实。我还听学生说：教授们会常提醒学生，要做好时间管理，在人生的道路上，你停步不前，但有人却在拼命赶路。也许当你站立的时候，他还在你的后面向前追赶，但你再一回望时，已看不到他的身影了，因为，他已经跑到你的前面，需要你来追赶他了。所以，你不能停步，你要不断向前，不断超越。

　　从燕京图书馆出来，我们路过哈佛的千人大食堂，我好奇地向里张望了一下。食堂很大、很高，挂着精致的吊灯，室内显得很明亮，每个桌面很宽大，地面也很干净。学生们边吃饭边看书，还有边吃饭边做笔记的，很难听到说话的声音，更没有看到哪个学生边吃边聊天的。给我的感觉，哈佛的餐厅不过只是可以吃饭的图书馆。还看到长椅上有人在呼呼大睡，而旁

哈佛大学丘吉尔讲演台

边来往就餐的人不觉得稀奇，因为知道这些倒头就睡的人实在是太累了。在哈佛，见到最多的是一边啃着面包或比萨，一边忘我地在看书。我深受感动，哈佛的学生实在太苦了。不过，我看他们也是乐在其中。他们心中燃烧的火焰是在未来承担重要责任的使命感，他们生命的能量在这里被激发出来了。人的潜力，人的毅力是巨大的，关键看如何发挥。

在哈佛校园里，不见华服、不见 LV 包，不见化妆，不见穿着名牌的教授、学生，不见豪车接送美女、帅男，更不见晃里晃荡的人，只有匆匆的脚步声，坚实地写下人生篇章。哈佛不是神话，哈佛只是一种证明，人的意志、精神、抱负、理想的证明。精英并不是只靠天才，都是要付出代价，要靠付出更多努力的人。在哈佛，征服学习是每个人的口号，要想强大，要想先进，就需要学习得更多。哈佛的课程安排得多而紧张，目的是帮助学生提高批判性思维能力和想象力，学会发现和鉴别事实真相，坚持对事物的严谨分析，能够理性、历史、创造性地认识现实，而不是人云亦云，并且要练就长时间超负荷学习的毅力。这才可能增长智慧，才可能有创造力。

哈佛告诉学生，成功与安逸是不可能兼得的，选择其一，就必定放弃另一个结局。今天不努力，明天必定遭罪。学习时的痛苦是暂时的，未学到的痛苦是终生的。

哈佛大学教学成绩斐然，这是公认的。在美国一千四百多所大学中常获最佳高校榜首。在历届美国毕业生中，有七人先后当选为美国总统，有三十多位诺贝尔奖得主，还有许多人成为杰出的文学家和科学家。毕业于哈佛的外国学生中，许多已成为他们国家的政坛明星，商界精英和其他行业的杰出人才。哈佛，一所最早的古老大学，为人类的进步做出了巨大贡献，但它仍是默默地低调谦逊，素面无华，不吹嘘张扬，在教育事业上继续改革进取。

　　离开哈佛时，我们看到哈佛校门的这样一句话："为增长智慧走进来，为更好地服务祖国和同胞走出去。"这个崇高的教育目标多么令人钦佩。

走在科学前沿的麻省理工学院

　　人们称，麻省理工学院是美国最富创造力的"发明家"大学。学院的师生走在现代科学的最前沿。他们在这里描绘人类下一个千年的前景；他们在这里创造美国公司赖以占领全球未来市场的科学知识。

　　参观哈佛大学以后，我就想另外找个时间去相隔不远的麻省理工学院参观。去之前，我找了一位在麻省理工学院任过教的朋友介绍了些情况。他说，麻省理工学院是一所私立的综合性大学，以理工科闻名于世。有"世界理工大学之最"、理工学子"麦加圣地"的美誉。位于马萨诸塞州波士顿城附近的剑桥镇，与波士顿隔河相望，查尔斯河穿流其间。该院建于一八六一年，一八六五年开始招进第一批学生。如今麻省理工学院已是全球高科技和高等研究的先驱大学，无论在美国还是全球都有非常重要的影响力，其最突出的成就是培养出了一批声名盖世的科学家。经过学院好几代人坚持不懈的努力，麻省蜚声海内外，成为世界各地莘莘学子趋之若鹜的圣殿。

麻省理工学院正门

　　麻省理工学院是由理事会进行管理。理事会由理事长掌管，其成员有院长、助理院长、理事会秘书、校友会主席和州政府代表以及九十位专家和社会知名人士等。理事会每一个季度召开一次会议，商讨学院有关事宜，作出决策。为使学院能更好地发展，理事会设立了一个由一百六十多位著名校友组成的规划委员会，作为咨询机构。

　　学院的院长是行政首脑，负责学院的日常工作。学院的教育方针由院长主持的教授会来制定，教务长负责学院的教学科研工作，总务长负责管理学生生活工作。研究生院的院长负责研究生的培养工作。

　　学院每学年分秋、春两个学期。秋季学期于九月初开学，到十二月中旬结束；春季学期于二月份的第一个星期开学，到五月末结束。六、七、八月份用来进行科研活动，讲授研究生常规课程以及为工业、政府部门或其他领域的专业人员举办培训班。一月份为学生独立活动时间。这一时间学生可在校内外从事自己感兴趣的活动。学校也努力为学生活动提供条件。如举办专题讨论会、问题研究会、进行短期进修等，或者让学生外出考察旅行或出国参加科研活动等。

麻省理工学院共有五个分院，二十四个系。学院的本科生课程由各分院与各系开设。本科生的课程分必修课与选修课两种。必修课有：自然科学必修课、人文、艺术和社会必修课，还有实验室必修课。开设自然科学必修课目的是让学生理解和掌握自然科学的基本概念和方法，并对理工科和其他专业从理论和实践上进行重要的建设性探索，打好基础功底；开设人文、艺术和社会必修课，目的是发展学生进行口头和书面交往的能力，开阔学生的眼界，增进学生关于人类文化及其相互影响方式的知识，使学生进一步了解构成人类活动基础的理论、概念和体系，促进学生对国家政治、经济和法律机构的认识，提高学生对社会交往方式的感受能力，陶冶情操，提高艺术中的自我表现能力。开设实验室必修课，目的是向学生介绍科学研究方法的三种基本要素，即实验的基本方法和技术、教学分析和实验事实的概括。

除了必修课外，学院为了满足爱好不同，学习方法和原有基础不同的学生需要，还开设了很多选修课。一般规定，学生在二年级开始选修。但学生已学过适当的预修课目,也可在一年级就开始选修。学生所选的课程必须经指导老师批准,但老师要善于诱导学生独立思考,自由选择课程。

学院对本科生教育的突出特点是实施本科生研究制度,创造条件,使学生有机会同教授一起参加科研项目,并在制订和执行计划的过程中,培养其高度的责任心和独立工作能力。学院还规定,所有大学生都必须完成核心课程(其中百分之三十为数学、自然科学和生物学,百分之二十为人文科学和社会科学),方可授理学士学位。

麻省理工学院的研究生课程规定比较灵活,不限于学生所在系开设的科目,学生可以在老师指导下从几个系选择科目和科研项目,以便既保证重视主修的学科领域,又使全部课程均衡、完整。同时,要求研究生除学习专业课外,必须对人文学科和社会科学有一定的了解和掌握。研究生完成了批准的课程和科研工作,包括住校完成的主修课程,成绩合格,才能推荐授予学位。

为了更好地进行科研和教学工作以及帮助企业培训人才,开发产品,学院还和其他院校和部门订了很多协作计划,共同开发项目,把成员公司的利益同学校的研究活动结合起来。

学院的图书馆设在查理·海顿图书馆大楼。还有五个分院图书馆,下设若干分馆和阅览室。藏书约二百万册,订期刊约两万种,还存有大量缩微胶卷和档案,随时可为读者影印、复制。

学院重视培养学生的社会意识,强调学生作为未来的工程师和科学家要对社会有深刻的理解，科技和工程要为社会服务。麻省理工学院的研究人员和工业生产之间没有隔阂。同样，美国政府和一些大公司每年将数以亿计的美元投入这座"科学工厂"。国家最富有的家族，如洛克菲勒家族，纷纷将资本投入麻省理工学院毕业生经营的年轻公司。一些化学与制药康采恩、电脑公司、包括微软公司在内的软件业巨头都向学院提供赞助。西门子、德国电信和卡尔斯泰特等德国公司也出资支持学院的科研项目。

麻省理工学院一直充当美国政府和公司的"发展实验室"。一年，麻省理工学院的研究人员就推出四百多项新发明。仅是在波士顿周围地区，麻省理工学院的毕业生就创造了三十万个工作岗位。而在加利福尼亚硅谷地区，有五分之一的员工受雇于麻省理工学院毕业生领导的公司。著名的华裔建筑大师贝聿铭，诺贝尔奖获得者杨振宁、李政道都毕业于这所大学。现在，麻省理工学院的研究人员正为美国航天与航空局设计新一代火星探测器。他们在不断寻找发展人工智能的材料。他们还是生物工程技术革命的领头人，在生物反应器中制造出人体表皮、关节软骨和外耳。他们破译遗传基因，首次发现了一种能够阻止癌细胞扩散的遗传因子。在过去几年销量最好的十种生物药品中，有九种是由麻省理工学院毕业生领导的实验室研制出来的。他们为人类同恶性肿瘤、白血病、肝炎和艾滋病等致命疾病做斗争提供了有效武器。

来波士顿之前，我去探望了董辅礽先生，告诉他，我要到波士顿开会，问他有什么事没有？他说，他女儿在哈佛读研究生，他女婿在麻省理工学院读博士。我说，那我去看看他们。临走时，他交给我一小包国内的土产让我捎给他女儿。到了波士顿我就给他女儿董晓平打电话，约好在麻省理工学院正门见面。一下车，就见到他们二位。他们先陪我在校园里参观，然后就去董先生女婿的实验室，他是一个博士研究生，有一个自己专用的实验室。他的实验室在麻省理工学院校园边的一幢耀眼的新楼里。这座新楼是麻省理工学院的一位毕业生后来成了产业大亨，他捐了三亿美金建造的，除了造这座生物大楼外，余下的作为奖学金。所以，这里的学习、研究条件比较好。实验室是两间比较大的屋子，走进去就感到很明亮，一间是各种仪器、实验设备，另一间是放置所需各种实验材料，三年内这个实验室全由他个人支配使用。

　　董辅礽先生女婿告诉我，现在，麻省理工学院很重视理工向生命科学转型。麻省虽是工科院校，但它已成为分子生物学革命的主要力量。而麻省理工对生命科学的兴趣的提高，并不代表它不再有工程优势。相反，它表明了该领域的一个新阶段：工程学的工具和原理被用于解决生物学问题，比如创造用于细胞移植医疗新技术，或寻找治疗癌症的方法。他说：麻省理工学院校园，形成了生机勃勃的生物技术界中心，它同哈佛大学以及其他知名的教学医院一起，构成了波士顿地区生物技术研究的热土。总部位于这个地区的生命科学企业有一百五十多家，麻省理工学院的研究和技术，对这些企业的发展起着重要的推动作用。他现在研究的正是生命科学，着重是攻克癌症。他们现在研究的节奏很紧张，有时做起实验来彻夜不眠。他说，在麻省理工学院，只能在"学习""睡眠"和"朋友"三者中得到两个，大多数学生聪明地选择了放弃"睡眠"。谈到这里，我深感他们的时间宝贵，不愿耽误他们的时间，他们要送我出校园，我匆匆告别说："你们不用再陪我了，我可以自由地在校园转转。"

我沿着进来的路，向大门走去。路上看到三三两两的学生，正好中午就餐时间，几辆送快餐的车开进校园。学生自觉地排着队选购汉堡、比萨、三明治和饮料等，学生们买了食品就快步奔跑，显然是为了节省时间。而追在他们后面的竟然有松鼠、

送餐车到麻省理工学院

野鸟，显然是想得到他们的残羹碎渣，多奇特的校园景观。校园树很多，到处郁郁葱葱，绿草如茵。有的学生在树荫下、在草坪里，边吃边看书。

快出校门时，我对这所明星大学一再回首张望，仔细地看了看对着校门的三座不同风格的大楼，正面的大楼圆顶立柱，气势雄伟；两旁的大楼古朴典雅，一座叫牛顿楼，一座叫达尔文楼。真不愧为科学的殿堂。

从零公里处到国会图书馆

　　离开波士顿，我第三次来到华盛顿。早餐后，我们乘车来到宾夕法尼亚大街。下车后，大多数人都去参观白宫和国会大厦，我因为上次来华盛顿已去过这两处，我计划去零公里处和国会图书馆。

华盛顿零公里里程碑

零公里处正对着白宫南草坪。处于艾丽普斯椭圆形的大草坪中，靠近马路树立一块将近胸高的花岗岩标志石，被称为零公里里程碑，要计算美国各地与华盛顿的距离都以这块里程碑为起点。

零公里里程碑南侧有一棵高大美丽的枞树，高约十点七米，被称为"国家圣诞树"。以往每年都要在这里更换大圣诞树。一九七八年，管理当局一劳永逸地栽种了这棵高大的圣诞树，免去了每年冬天的动土之劳。每年十二月，在大圣诞树的尖顶要安上一颗大星星，通常由美国的第一夫人亲手放置，这个惯例是从一九二三年树立零公里里程碑后形成。围绕着这棵大圣诞树，一到冬季还要树立起五十棵略小些的圣诞树，代表美国的五十个州。这些圣诞树上，挂满五颜六色的玻璃彩球。入夜的时候，彩色灯光会将大小圣诞树照耀得五彩缤纷，仿佛是童话世界。

从零公里处往西走，穿过国会大厦东门，就见到一座深灰色花岗岩大厦，意大利文艺复兴时代风格的大厦，主楼顶塔有一个火炬，象征知识的火炬永远燃烧，它就是国会图书馆的第一座藏书楼，也被称为杰斐逊大楼。美国国会图书馆是目前世界上最大的图书馆，拥有一亿多件收藏品，被誉为"美国文明的基石"。

美国建国后的一段时间，国会图书馆没有现在的名字，它充其量是国会大厦中用了几间屋子，略备图书供国会议员们工作时参考。一八〇〇年，美国第二任总统约翰·亚当斯签署迁都法案，法案中为国会拨款五千美元，用于购置图书，设立图书馆。一八〇二年，第三任总统杰斐逊任命了他的竞选班子负责人约翰·贝克利担任新建立的国会图书馆第一任馆长。国会图书馆的第一批书籍购自英国，从那里运来的十一个皮箱的书籍和一盒地图是这个图书馆的最初藏品。据历史记载，在十九世纪刚刚开始的时候，国会图书馆藏书三千卷。一八一四年八月二十四日，攻克了华盛顿的英国军队放火焚烧国会大厦，使刚收集起来的三千卷图书化为灰烬。

英国军队撤出之后，国会图书馆再重新建立起来。当时已从总统位置上退休的杰斐逊声明谴责英国军队野蛮行径，同时提出，将自己在弗吉尼亚家乡蒙蒂塞洛的藏书供国会图书馆使用。这些图书是他本人在长达五十年的时间里收集的，其中包括他在担任美国驻法国大使期间购买的图书。一八一五年一月三十日，国会拨款收购了杰斐逊的私人藏书六千多册，为国会图书馆奠定了基础。一八六六年，国会决定将史密森博物院的四万册科技图书移交给国会图书馆。一八七〇年，美国版权法规定，任何一种出版物都必须向国会图书馆送交两个副本备案。版本库建设从此成为国会图书馆的重要任务。

人类知识的迅速增加使国会大厦再也容不下那么多图书了，于是国会决定建立单独的国会图书馆大厦。一八八六年大厦破土动工，华盛顿的建筑师约翰·史密斯梅耶、保尔·佩尔兹担任这座图书城堡的设计师。同时，从全国各地选拔了最优秀的几十名绘画艺术家和雕塑家，为国会图书馆进行了精心的创作，使国会图书馆从台阶、门廊、过道到壁画无不精美，而主阅览室则是这座古典建筑精华的缩影。一八九七年大楼在建筑师爱德华·凯西父子的监督下竣工，人们直呼为"国会图书馆"。四十年后，国会将这幢大楼命名为杰斐逊大楼。

　　杰斐逊大楼建成后，只用了二十多年，书库又胀满了。国会一九三〇年六月又通过决议，在杰斐逊大楼东侧建造新的藏书楼。新大楼是一幢白色大理石饰面的长方形五层大楼，设计藏书量一千万册，于一九三九年竣工，被命名为亚当斯大楼。这个大楼的东面两扇铜制大门上有十二个人物浮雕，那是为纪念十二个对世界文字的发展做出了杰出贡献的人，其中包括传说中的中国象形文字的始祖仓颉、希腊神话中首创字母的卡德摩斯，还有发明美国印第安人切罗基族音节文字和音符体系的

美国国会图书馆

塞阔雅。另外，在五楼的大阅览室墙壁上有著名画家伊斯拉·温特绘制的以坎特伯雷故事为内容的大型壁画。亚当斯大楼集中收藏与东方文化有关的文献。著名的中文收藏部、日文和朝鲜文收藏部也在这座大楼里。

二十世纪是知识爆炸的年代，亚当斯大楼用后不久，藏书楼也满了。国会于一九六五年十月九日通过议案，决定再建新的藏书大楼，并以美国第四任总统麦迪逊的名字命名为"麦迪逊纪念大楼"。选址在杰斐逊大楼的南侧，建设一座具有现代建筑风格的洁白大楼。一九七四年三月八日开工，一九八〇年四月二十四日竣工，总耗资一点三亿美元。此举使国会图书馆面积扩大了一倍以上，三个馆共占地约二十六点一公顷，建筑面积达三十四万平方米。

我先参观杰斐逊大楼，踏着青草的气息走到大楼西门入口处外墙，那里有喷泉青铜群像——海神。在约十五点二米长的水池中间，海神老人端坐凝思，他两边各有一个体格强健的青年男子正在吹响螺号，最外两边各为一尊青年女性形象，她们是海神的两个女儿，骑在奔腾的海马上。喷泉池中的青蛙和乌龟雕塑惟妙惟肖，喷珠溅玉，那是象征知识的海洋蕴藏无尽。站在海神像面前，人们都会渴望获得那无穷的知识。

走进大楼的中心，我来到主阅览室，有二百五十个座位，圆形阅览大厅的石壁上镶嵌着一只大钟，时针上站立着仿佛真人大小的"时间老人"，他的身边是关于一年四季变化的图画。

我选择了一个阅读椅坐下，举目仰望，只见穹顶金碧辉煌。

从地面到穹顶高约四十九米，装饰着三百二十个深蓝底色的方块，穹顶中间是金色的玫瑰花饰。靠近穹顶处用大理石雕成的小天使、飞马和花草在柔和的底光照射下呈象牙色。在穹顶最高处的圆顶上，绘有十二个身披羽翼的人物形象，男女各半，象征人类文明的演进。

穹顶中央又高出一个塔式的天顶，在天顶中央绘有一位身着蓝色衣裙的女神，深情地注视着阅览大厅中的孜孜学者，代表人类的理性，她身边是两个儿童的形象。

穹顶四壁，由八根暗红色大理石柱支撑，每个石柱上端都站着比真人略大的雕像，八面墙全部饰以浅棕色大理石贴面，石壁上共有十六个真人大小的铜像，每两个人物代表着一个学科。米开朗基罗和贝多芬代表艺术；荷马和莎士比亚代表诗歌；柏拉图和培根代表哲学；梭伦和肯特代表法律；牛顿和约瑟夫·亨利代表科学；希罗多德和吉本代表历史；哥伦布和罗伯特·富尔顿代表商业；摩西和圣保罗代表宗教。

八个石柱上还顶着八扇拱形的窗户，窗上装饰着四十五个彩色的徽记，象征一八九〇年国会图书馆兴建时美国共有四十五个州。

在主阅览室四周，是有五万余册工具书的参考室，读者可以随时登梯而上，在管理人员的帮助下找所要的工具书。工具书阅览室楼下，是巨大的图书卡片目录室，在国会图书馆建成后一百年的时间里，读者主要是通过翻阅小抽屉里的卡片发现自己寻觅的图书。现在，与主阅览室连通的东侧大厅已经建成电子检索系统，室内有几十台电脑。二十世纪七十年代以来出版的书籍检索资料全部输入了电脑，读者可以在这里自由操作电脑，使用计算机阅读目录，效率比翻阅卡片提高许多。但目录卡片并没有完全退出历史舞台，直到今天还有不少人在使用它。

三座大楼各有特色，杰斐逊大楼典雅，亚当斯大楼朴实，麦迪逊大楼先进。三座大楼鼎足而立，相映生辉。到二十世纪末，国会图书馆的藏书已超过两千万册，另有六千万宗手稿、地图、照片和各种印刷品。这些收藏包括了人类各科知识，如果把馆内书架连接起来，长度可达八百六十余公里。该馆每年还将七万五千种期刊、一千二百种报纸作为永久性收藏。进入二十世纪后半期，该馆平均每天馆藏品达七千卷（件）。该馆的收藏不仅仅是书籍，随着时代的演变，现代科技的进步，录音、录像制品越来越丰富，有各种口头和声音资料，其中包括各种民歌、民乐、口头表述的历史资料，甚至谜语、谚语等，数以万计的录音带保存下来了。人们可以在这里亲耳听到丰富多彩的美国歌曲。煤矿工人、水手、铁路工人、伐木工人等，都有属于自己的歌，它反映了这个年轻国家的前进历程。

进入二十一世纪，该馆还应用数字化和多媒体技术，将馆藏富有历史意义的照片、手稿以及有价值的音乐、电影、图书、录音等各类文献，制作成电子新产品。在二〇〇〇年，已完成约五百万件这样的信息新产品，耗资达一亿美元，这项工程实名为"美国追忆"。

国会图书馆还设有专门的研究服务部，设有美国法律、经济、教育和公共福利、环境和自然资源、美国政府、外交事务和国防以及科研政策七个研究室。每室由高级专家负责，组织各方面的专家完成议员交给的研究课题，回答议员提出的问题。研究部编制内有八百多名工作人员，除了法律学、经济学专家外，还有土木工程师、海洋学家、航天工程学家和导弹专家。他们的任务是向议员提供议员们要求的资料，对议员提出的问题必须给予正反两方面的意见，以便议员判断。知识，在这里通过服务的方式显示力量，并介入了国家的政治、经济等领域立法的过程。从二十世纪后期，国会图书馆每年获得拨款为三亿多美元，并不断有所增加，全馆工作人员有五千名，可见规模之大。

国会图书馆向世界上所有年满十八岁、具有高中文化教育程度的公民提供服务。由于它带有国家版本馆的性质，所以书库在通常情况下是不向读者开架的，读者只能在阅览室阅读。对于确有需要的研究者，经馆方允许后，也可以在管理员带领下进入书库。

在国会图书馆，所有的阅读都是免费的，复印资料需付材料费。该馆也为盲人读者服务，向盲人免费提供一定数量的录音带，平均每年选用两千五百本左右的书籍制作成盲文版，由盲文读者选读。为了方便残疾人，图书馆的三大建筑中都设置了坡道。参观者在不使用闪光灯的前提下可以拍摄照片。

国会图书馆三座大楼有地下通道相连，图书馆里设有饮食餐厅，还有专门的旅游线路。

参观了杰斐逊大楼，我还去了亚当斯大楼。它与杰斐逊大楼一街之隔，也可从地下通道进去。我主要去看中文馆藏。中文馆藏设在亚当斯大楼二层，与日文、东南亚文字、朝鲜文部并列，共用一个阅览室。国会图书馆的中文馆藏收集是比较早的。一八六九年六月，清朝同治皇帝为与美国换取农作物种子，将明、清刻本图书十种共九百三十三卷赠送国会图书馆，开了该馆收藏中文图书的先河。十九世纪中期，中国和美国建立外交关系以后，美国驻中国的外交人员无不注意收集中文图书典籍，其中驻华使馆外交官罗克希尔于二十世纪初将个人收集的六千余卷汉、满、蒙、回文书籍捐赠国会图书馆。一九〇四年中国参加了在美国路易斯安那州举办的世界博览会，会后中国政府将参展书籍中的珍品一百九十八种计一千九百六十五卷送给了国会图书馆。到一九一二年，该馆的中文馆藏已达一万六千九百余册（卷），渐成规模。到二十世纪九十年代，该馆收藏的中文书刊、报纸共达六十余万册（卷），其中图书五十三万余册。目前，中文馆藏已达七十万册（卷）。

国会图书馆的中文馆藏有着自己的特色。首先是注重收藏中国古代的善本书。馆藏本《一切如来》，是九七五年北宋早期佛经印刷品，为一卷轴，是一九二四年杭州西湖雷峰塔倒塌后在塔基砖洞里发现的。现在该馆收藏的善本书约有两千种。其次，是中国古代典籍收藏。该馆收藏的明代《永乐大典》残本四十一卷，是这套中国典籍在国土外的最大收藏。另有《（钦定）古今图书集成》两部为一千卷，分五千零四十四册，共五百二十八函，是一七二八年北京的铜版活字印刷品，是清朝早期的印刷精品。它是当时的中国政府为感谢美国退还未动用的一千二百七十八万五千元的"庚子赔款"，派唐绍仪送到美国的。另一部《古今图书集成》由沃尔特·施维格于一九二六年在中国购得，是一八八四年上海的活字印刷品，共一千六百二十八册三百二十函。第三，中国地方志是国会图书馆中文馆藏的一个重点。到二十世纪九十年代，中文馆藏已拥有四千余种方志，计六万余册。比较珍贵的是早期中国地方志，其中明、清两代印本以河北、山东、江苏、四川诸省收藏为丰，据说其中的一百余种已经是海内孤本了。第四，中国早期少数民族文字资料收藏，是该馆所收藏较丰而直到目前仍然有待进一步整理，可研究内容甚多的一部分。其中藏文部分，有若干早期大藏经手写卷，有数目在二百种以上的藏文木版印刷品，还有许多其他藏文出版物。该馆还有四百余种满文资料，内容涉及语言文字、哲学宗教、政治等诸多领域。另有蒙文藏品，内容涵盖典籍、哲学、历史、语言、医药等。馆藏的云南纳西族东巴文资料三千余种，是中国本土外最大的东巴文文献收藏。

从中文馆藏的特色中，我深感他们对历史文化、民族文化，尤其对少数民族文化的高度重视。一个十分崇尚科学技术和经济实力的国度竟然对世界文化兼容并包、尊其所长的宽容豁达态度，令人不胜惊讶。

第三次访问美国

"天使之城"洛杉矶

晨七点半离家，全家人送我上车，刘洪君开车送我到机场。昨天北京下了一场中雪，今晨的天气有点阴冷。我们乘坐的是美国联航的飞机，上午十点十分准时起飞，下午一点四十五分（东京是二点四十五分）抵东京成田机场。我是多次在这个机场转机，所以，没有陌生感，也没有什么新鲜感。在机场休息了近两个小时，我陪龙永枢副院长在免税店转了一圈，主要是看看热闹，了解行情，什么东西都很贵，什么也没买。四点四十分飞机起飞，直飞洛杉矶。飞机上载满了客人，一个空座也没有，这就是要在东京暂停的原因，飞机仍然是在北京起飞时的那架飞机。

经过十个小时的飞行，在飞机上就了两次餐饮，当地时间上午九点十分抵达洛杉矶。方志展先生、赵锦棠先生和通达公司的唐日东先生来机场接我们。洛杉矶阳光明媚，气候宜人。方先生说："这里冬天不怎么冷。"我同老龙坐他接我们的车。他先送我们到宾馆，安顿下来后，方先生一定要请我和老龙及兰州市长朱作勇到他家小聚。他家离市中心不远，是一个高档小区，有一座独门独院的二层别墅，还有个后花园，橙树上结满了橙子，有一块绿油油的草坪，园子显得十分幽雅。方先生是我前几年在四川省广元市开会时认识的一位朋友，他原是福建人，学医的，早期在印尼，后到美国开公司，中国改革开放后，他常来大陆做生意。方先生为人厚道，待人热情，听说我要到洛杉矶，特地从香港赶回美国。晚上，他在新旺酒店，这是一家很有名的中餐馆，设宴招待我们，吃到了新鲜的龙虾、螃蟹、石斑鱼等。方先生还向我们介绍洛杉矶的历史渊源和市里的一些情况。

　　洛杉矶原来是印第安人的家园，一七八一年西班牙殖民者在此建镇，正好是天主教的圣母节，于是他们把这块土地叫做"我们天使女王圣母玛利亚给予的城镇"，洛杉矶即因此得名。洛杉矶西班牙语是"天使"之意，所以，人们称之为"天使之城"。起初居民只有几百人，自加利福尼亚金矿发现后，洛杉矶人口激增。十九世纪后期日本、中国、菲律宾等国和欧洲各国的移民先后抵达，中国移民于一百四十年前就来到这里。同其他移民一起筑铁路、开矿山，发展农牧业生产，促进了美国西海岸地区的经济繁荣。随后，飞机工业、宇航工业和电子工业相继蓬勃发展，影视业领先全国。如今洛杉矶已成为加利福尼亚首府。该市号称有八十多个民族混居于一城，墨西哥和西班牙语系移民占总人口的三分之一。还有数十万的华人、韩国人、越南人、伊朗人、俄裔犹太人等。不同的民族带来了不同的语言和文化，居民操着八十余种语言，西班牙语是仅次于英语的第二大通用语种。不同地区的移民都有相对集中的社区，如墨西哥城、韩国城、中国城、伊朗城、小东京、小西贡等。在洛杉矶，异族通婚屡见不鲜，各个社区的界限正在逐渐模糊，人们头脑中的门户之见也在日益淡薄。正在形成和平共处的大熔炉、大格局。

洛杉矶地处西海岸群山的环抱之中，濒临浩渺无际的太平洋，是一个美丽的依山傍海的城市。这里四季阳光充足，气候温暖，自然环境十分优美，属于地中海式的亚热带海洋气候，一年之内有三百多天阳光明媚，冬季暖和，夏季不热。同时，近百平方公里范围内具有平原、高山、沙漠、丘谷、海洋、湖泊等多种多样的地形条件，拍摄外景甚为方便，适宜发展电影制片业，因此，洛杉矶便成为美国最发达的影视业中心。

洛杉矶市周围有七十多个城镇已连成了一片。整个洛杉矶盆地包括一百八十多个城镇，地理学家称其为"区域组合城市"，当地居民叫它"南加州城"。整个城市建筑低平、松散，有一半人住在市郊，因而汽车便成了洛杉矶人生活的伴侣。七百多万人中有四百多万辆汽车，素有"汽车城"之称。

同方先生谈得很投机，大家也很有兴趣听他的介绍，回到宾馆已晚上十一点，匆忙盥洗后就休息了。

第二天晨，八点半早饭后，我们全团人员去洛杉矶地区的蒙特利公园市政府拜会市领导。市长是女士，是一位大学教授，上午去学校讲课，委托副市长维妮苏拉女士和市议员艾尔朗索先生负责接待。蒙特利公园市是一座小城市，位于洛杉矶东边圣盖博谷"国王山峦"之中。地理位置甚佳，交通四通八达，充满着现代化气息。人口有六万多，环境优美，城市整洁，绿树葱葱，是个族裔多元化的城市之一，商业发达，中产阶级较多，城市稳定、祥和。黑头发的中国人街上也常见。副市长女士专门为我们召开了一个欢迎会，她代表市长对我们的到来表示热烈欢迎，同时，以市政府的名义向我们代表团每个成员颁发了一份荣誉公民证书。我们的代表朱作勇市长致了答谢辞。接着，我们参观了该市的消防队、警察局和该市的一所监狱。最吸引人的是地下打靶场，设置在地下室，完全是现代设施，不占用地上空间，使用电控设备，既安全又准确。监狱设计得也很科学，犯人的牢房，每一间都能见到阳光，一般都是每个犯人一间屋，而且有淋浴和厕所。在参观时，我问副市长女士："你过去是做什么工作的？"她干脆地回答："我是家庭妇女。"而且她告诉我，明年她要竞选市长。我笑着回答："祝你成功。"他们城市的市长任期是两年，不受任何限制，只要是本市市民都可竞选。这位副市长女士，虽自称"家庭妇女"，但曾参加本市的许多社会活动和慈善事业，文化也是大学毕业，从她的言谈中，看出也是颇有水平的。参观完蒙特利公园市后，我们即乘车转赴柔似蜜市。接受洛杉矶华商协会会长童小南女士的午宴招待。

　　童会长先做自我介绍，说她祖籍是广东番禺人。她曾祖父是当年第一批到加利福尼亚当契约劳工的。当时家里很穷，客

蒙特利公园市授予"荣誉公民"称号

商到广东招劳工，曾祖父当时还不到二十岁，就签了卖劳工的契约，也不识字就押手印。先到香港，然后转船到美国。旅费极端昂贵，要五十美元（当时一美元可以维持一周的生活），还要加出境费二十美元。家里根本出不起，由招工的客商先垫付，到达加利福尼亚做工后，再从工钱里扣还。当时就是去挖"金矿"，工作又苦又累，工资给得很低，那真是残酷剥削，但也没有办法。祖父那一代，就是修铁路，因为"金矿"已挖完了。从此，中国劳工开始沿着漫长的铁路流血流汗，他们总是承担最困难、最危险、白种工人不肯干的工作。当铁路将要完工，中国劳工又开始投入西部的其他行业，主要是建筑业、农业和制造业，如毛纺织和针织厂，规模小的生产皮靴、皮鞋和雪茄烟的工厂。

总之，早期中国移民对美国西部开发和建设，尤其是建造横跨大陆的铁路做了杰出的贡献。可是，出乎意料的是后来发现自己竟成了种族歧视的对象、排斥的对象。十九世纪末期，席卷加利福尼亚的强烈的反华活动是由白人主宰挑起的，中国的廉价劳动力竟引起白人的反感，侮辱中国人为"黄祸""中国威胁""危险的敌人"，发展到"中国人必须滚！"

一八八八年九月，美国国会通过法案，禁止中国劳工进入美国，已在美国的劳工，一旦离开美国，不得再进入美国。实行排华法案后，助长了白种工人对华人进行超出法律管辖范围的迫害和监视活动，他们更加肆无忌惮地对华人施暴力，搞破坏。中国人被赶出矿井、农场、毛纺厂和其他工厂，为了保护自己，不得不团聚在城市里的外国人聚集区，这里，后来发展成为唐人街。可是，即使在唐人街，他们也不得安宁。持械暴徒经常用喊叫、训斥，开枪来威胁、恐吓中国人。在这期间，许多中国劳工被迫回国，再也不来了。从中国到美国来的人数急剧下降。二十世纪三十年代，中国移民人数减至最低点，只有四千九百二十八人。直到一九四三年，历时近六十年的排华法案撤销，《战时新娘法案》于一九四五年通过，中国人才有可能成为美国公民，也有可能让家属来美国团聚。再者，由于种族主义者的敌对行为减少了，种族偏见不那么露骨了，在美国的华人开始放弃回国这一传统目标，转而决定永久在美国生活。二次世界大战结束后，许多中国人，一来就在美国安家，不再当临时侨居者了。童会长就是在这个期间，随父母来美国的。

听了童会长的一番介绍，我们深感华侨在异国他乡谋生也实属不易。随着祖国的强大，华侨的地位也逐日提高。我们希望童会长和今天在美国的华侨关心祖国的建设和发展，常回国看看，我并邀请童会长出席我们在洛杉矶召开的招商座谈会。她欣然接受。

十一月十八日上午十点，我们在下榻的宾馆会议大厅召开招商座谈会，有一百多位中外来宾，大都是企业家和一些社会知名人士，方先生和童会长都来了，《星岛日报》《世界日报》《国际日报》《天天日报》和美洲卫视都派记者与会。会议首先由中国社科院龙永枢副院长致开幕词，欢迎各位嘉宾到来，阐明召开这次座谈会的目的意义，并邀请各位到中国城市访问参观。接着，由我讲话，着重介绍中国改革开放前景和当前经济发展状况。最后我说，在目前中国大陆经济环境日趋改善，外商利益也得到更多更大的保障，而对美国投资者来说，投资中国大陆，将是一项十分胜算的策略。然后，由西安、兰州、邯郸、呼和浩特等城市的市长讲话，他们分别介绍了各市的投资环境和有关政策。童小南会长代表华商协会讲话，还有几位侨商和外商讲话。会议开得生动活泼，一直开到十二点半。午餐后，大家自由交谈。几家报社和卫视的记者都来采访我，并说，明天要见报。果然第二天几家报纸都发了消息和专访。

而这时，没有想到张振斌先生突然出现在我面前，我感到很惊异。他原来在国内东北财经大学读经济学博士研究生时我们就很熟悉，因为我是东北财大的兼职教授，常去讲课。张振斌博士学位取得后，被分到国家财政部工作，然后又去美国深造。他从报纸上获悉我率团来洛杉矶开会，所以他就赶来了。真是难得的相遇。他看我当时很忙，于是约定第二天再来看我，并陪我在市里转转。

会议结束后，下午方先生陪我去洛杉矶港中旅行社，会见了黄副总经理和包小姐。因为我们中国城市发展研究会下属有一个中城国际旅行社，他们愿意同我们合作，开展一些旅游接待工作。方先生同他们也很熟，所以，随便去看看他们，双方谈得很好，明年有个访美团，打算交给他们接待。

晚上，方先生一定要请我吃晚餐，并要我在他家住一宿。我一再推却，但方先生坚持在洛杉矶要听他安排。只有客随主便，先在一家中餐馆就餐，然后去他家。方太太也是位非常热情好客的人，我们在国内和香港见过几次面。香港他们还有个家，每一次去都要到他家做客，她都热情张罗，这一对夫妇为人实在太好了，心里总感到过意不去。那天晚上在方先生家住宿，本来他家有几间客房，我说，随便那一间都行。可是方先生却硬要我住主卧，他们真是宾客至上，让我一点没有办法。

上午，振斌开着车来接我。他说："今天到市中心和海边去转转。晚上还请你出席一个活动。"我回答说："一切由你安排。"于是我们上了车。他自己驾车，从洛杉矶东面沿高速公路先进入市中心。市中心面积不大，首先看到的是一座尖顶不高但别具特色的大楼，这就是著名的洛杉矶市政厅。大楼建于二十世纪二十年代，一直到如今，它还是洛杉矶最漂亮的建筑。

还看到一座白色的圆柱体摩天大厦，高一千多英尺，它是洛杉矶的最高建筑物和地标。这座建筑是座办公楼，却有个奇怪的名字叫"图书馆大厦"，原来是这个建筑阻挡了洛杉矶最古老最豪华的图书馆的光线和视线，于是建筑老板同意免费为洛杉矶图书馆内部修缮，与图书馆达成和解，于是这座大楼就有了这么个称呼。我同振斌说："我们是不是去看一看这个图书馆？"他说："可以！我找个地方把车存一下。"

人们常说，在美国这个商业社会，没有白吃的午餐。然而却有一样东西非但免费，而且敞开大门欢迎你，那就是遍布大城小镇的公共图书馆。我们走进洛杉矶图书馆，阅览室很宽大，灯光明亮，四周为自己取阅的图书和期刊，办借书卡很简单，凭驾驶证和交水电费的账单就可办，而且一次借书不限一册，最多可借三十册。振斌告诉我，他们的孩子有空就喜欢到图书馆，学校老师也很注重知识面的拓展，要求学生每天记录阅读内容，读书越多自然奖励越大。我看到阅览室里有年轻人，有儿童，也有老人，墙上挂着一个彩色牌子，写了"读书为乐"几个大字，还配有灯光。管理员是位女士，很和气，送我一张她们图书馆自己印的读书卡，一再表示，欢迎再来。

接着，我们开车去城市公园。这里，风景秀丽，环境优美，其中有希腊剧院、高尔夫球场、动物园、仿旧小火车等景观，最著名的是格里菲斯天文台。它坐落在小山之上，面对洛杉矶市区，早先是做天文观测研究之用，后来洛杉矶市灯光太强，此天文台的观测研究作用基本废弃，而改为旅游和观景的最佳去处。我们开车上了小山，走上天文台，凭栏远眺，整个洛杉矶市的市容尽收眼底。几条有名的大道，如日落大道、圣莫尼卡大道和威榭尔大道看得清清楚楚。威榭尔大道被人们认为是洛杉矶最漂亮的一条大道，从商业区一直延伸到海滨，路两旁有各式各样的建筑物，银行、商店、餐馆、宾馆、博物馆等，充分显示出现代大都市的多彩风貌。

从城市公园出来，我们就到圣莫尼卡海滨，这几乎是来洛杉矶的人必到的胜地。从市中心开车，沿高速公路二十分钟即可到达。海滨景色极其优美，绿色草坪和高大的棕榈树，构成一派亚热带风光。面对蔚蓝色的渺茫太平洋，沙滩向两边延伸，一道宽大的栈桥深入大海几百米，栈桥上游人如织，栈桥上海鸥很多，捕鱼功能似乎已退化，专门吃游人的喂食。海鸥个子很大，两翼展开将近有三英尺，个个长得肥头大耳，十分可爱。加上沙滩边的游乐场、商店、餐厅、杂耍艺人、打沙滩排球的，海滨好一派热闹景象。

下午，我们在海滨的一家海鲜店就餐，很有意思的是就餐桌就是沙滩上的小石桌，先自己挑好活的龙虾等海产品，称好分量，交给大厨师，然后由他清理加工，主要就是清蒸，不放油盐。蒸熟后，装上盘交给你，然后将蒸熟的龙虾、螃蟹等自己端到小石桌，用点酱油当佐料，味道很鲜美。边吃边欣赏海边风光。这种吃法我是第一回。振斌说，他们经常带着家人来海边，吃这种地道的海鲜。

晚七点，在一家中国大酒店，我同振斌应邀出席南加州华人记者联谊会。其实出席的人士并不一定都是记者，各行各业都有，当然记者会多一点，年纪大的多一点，青年人也不少，男男女女都有。大餐厅摆了几十桌，每桌十二个座位，每桌有一位桌长主持，无主题漫谈，各类信息都可沟通，也可以表演文娱节目，每一桌可以独立活动，也可以几桌联合，主要是为了增进友谊。他们要我发言，我主要向他们介绍了中国大陆这几年的改革开放情况，大家很有兴趣。坐在我旁边的是一位来加州探亲的台湾女歌手，我请她为我们大家唱一首歌，大家都鼓掌欢迎，她唱了一首台湾流行歌曲，唱得很不错。在联谊会上，我还见到了华商协会会长童小南女士和她的丈夫韩翊先生，大家都热情相叙。联谊会付费方式是采取 AA 制，我是他们邀请的客人，所以，一定不要我付费。联谊会一直开到晚上十点，然后，振斌送我回宾馆。我很感谢他，这一天过得很充实。遗憾的是我没有留下他的通讯地址，至今无法联系。

有人说，来洛杉矶，如果没有到过迪士尼乐园，那就枉来一趟了，所以，这个项目一定不能少。上午九点半，我们就乘车来到全球第一座迪士尼乐园。它位于洛杉矶东南四十公里的阿纳海姆市，占地面积六十五公顷。一九一九年，年仅十九岁的穷画家兼动画制作者沃尔特·伊莱亚斯·迪士尼，结识了与其一生事业休戚相关的青年美术家伊渥克，他们两人用一架旧电影摄像机首次摄制作出一部仅放一两分钟的动画片，接着又制作出能放七分钟的动画故事片，如《三只小猪》《白雪公主和七个小矮人》等一系列作品。创始人迪士尼是具有丰富想象

洛杉矶迪士尼乐园

力的动画天才，凭借多年的动画制作经验，他创造性地把电影的艺术元素与游乐园的特性结合在一起，用生动的主题情节贯穿于游乐项目的始终，把喜闻乐见的卡通人物和动物偶像糅合在一起，让人尝试一种崭新的并能够亲身参与的游乐形式，在戏剧化了的氛围中共同娱乐，形成了独特的迪士尼世界。迪士尼本人也成了富豪巨商，一九五五年，在加州创建了世界第一座迪士尼乐园，一九七一年在佛罗里达州又建了第二座"迪士尼世界"。后来，迪士尼公司出资一百九十亿美元买下美国三大电视网之一的美国广播公司，从而使迪士尼文化对美国人的生活和精神具有了更大的影响力。从某种意义上说，今天多数美国人都生活在迪士尼世界中。美国人狂热地喜爱迪士尼影片，不厌其烦地给孩子们讲述迪士尼的故事书，穿戴迪士尼牌子的衣帽，观看迪士尼节目的电视，一到假期便带孩子们涌向迪士尼乐园，住迪士尼饭店，吃迪士尼套餐，买迪士尼玩具，晚上听着迪士尼的音乐入睡。

进入迪士尼乐园，首先是米老鼠前来同我握手，并拍了一张照留念。乐园大致分为美国主街、冒险乐园、熊的世界、新奥尔良广场、幻想奇境、边境地界和未来世界七大街区。将童话、历史、现实世界与虚幻梦境糅合在一起，构成了一个多姿多彩的人间幻境。绕园区有一条小火车，不停地在驰动，中间设了好多站，愿意在哪一站上下都可以。我的游园办法是先坐小火车在园区转一下，然后有选择地到自己感兴趣的景区。如果每个景点都要去，游遍各个项目，据说，需要三天时间。我坐在小火车上，既看景又看人；既看科幻的人，又看现实的各种肤色、多样打扮的游人。有时退回到几百年前古色古香古代境界，有时恍如进入若干世纪以后神秘而邈远的科学幻境。时而在原始森林中漫游，一会儿好像真的生活在土著部落之中；一会儿看到飞瀑流泉、惊涛骇浪的奇景，一会儿又看到峰峦叠翠、山谷悬崖的绝境；一会儿又见到欢歌笑语的人群。我在儿童乐园站下了小火车，顷刻就听到孩子们的欢歌，我坐上一条小船，进入一个山洞，看到灯光闪烁的儿童"梦幻世界"，看到陈列于两岸的小人国歌舞。用数不清的电动娃娃和色彩变幻的灯光，配以不同风格的乐曲，表现世界各地的几百种民族风俗和舞蹈，其中也有中国的民间舞。听着美妙的音乐，看着电控的莺歌燕舞，让人既眼花缭乱，目不暇接，又感心情舒畅，丰富多彩。下了船，我跟着人群漫游，见到一处有一堆人排起长队，我想一定是很值得看的地方，也就盲目地跟着排队。等了将近半小时，走进了一个很高大的屋子，进去一看才知道，是乘轨道太空船，上太空的项目，这时想退也不好意思退，加上又排了好久的队，于是，才决心彻底玩一次吧。好几个人一条船，坐上船后，用皮带将全身捆住，船启动不久，眼前一片黑，满天星星，就像置身于宇宙星球之间，这时太空船的速度越来越快，许多人被吓得大声呼叫，我没有呼叫却把双眼紧闭，什么也不看。过了一会儿，一片光明，终于落地，我很庆幸。下了船后，人们看着我直笑，有人问我多大年纪，我说："六十多。"回答说："你真勇敢，这么大年纪还玩这个。"后来我才知道这是年轻人玩的探险项目，我也算是尝了滋味。

参观迪士尼乐园，给我最大的启示是"寓教于乐，鼓励创新"。每天数以万计的游客，特别是儿童，在快乐惊喜之余，也许都会想到创新的力量无穷。人们都会以为，不断创新生活才会更加美好。教育的重要内容就在于创新。在美国学校里，老师不鼓励学生重复自己讲过的话，欢迎学生用自己的语言和方式解答问题。这是一种比较好的教学方法。

洛杉矶人们又称它是"影城"，一个令世人瞩目的地方，它的名气自然来自"好莱坞"。"好莱坞"原是洛杉矶西北郊一片依山傍海的土地。一百多年前，一个名叫威尔科克斯的富商在这里修建多间别墅，给这个地方起名为"HOLLYWOOD"，意为"常青的橡树",音译为"好莱坞"。二十世纪初,一个电影摄制组来到这里拍外景,发现这里风光秀丽,阳光明媚,气候适宜,具备优越的地理条件,是进行电影创作的理想之地。不久,美国电影公司米高梅、派拉蒙、环球、华纳兄弟、哥伦比亚、二十世纪福克斯等陆续来到此地安营扎寨,"好莱坞"名声大振,"影都"之称鹊起。

从二十世纪三四十年代开始,许多作家、编剧、音乐家、电影明星等从影人员来此发展,众多的知名人士在附近的比佛利山兴建豪宅,著名的星光大道也在洛杉矶开始修建。好莱坞生机勃勃,多姿多彩,发展迅速,推出了大量优秀影片。好莱坞的历史实际上就是一部美国电影的发展史。好莱坞生产的影片不仅在美国影院占尽风光,而且卖到世界各地,为美国电影界带来了丰厚的利润,同时,也潜移默化地传播了美国文化。在好莱坞山的山顶,竖立了显著地标,一个一百五十米长,高约十四米的巨幅看牌"HOLLYWOOD"九个英文大字,整齐地列成一排,远处仍清晰可见,入夜霓虹灯大放光明,更显出光彩。好莱坞电影城内分布着一百八十多个摄影棚以及现代化的电影洗印厂、电影机械器材制造厂,设备完善,内景齐全,每天都有几十部电影同时开拍。好莱坞涌现出许多明星,是好莱坞的成功,造就了明星的荣耀,是明星的风采给好莱坞增添了光辉,并把好莱坞推向全世界。

跨进好莱坞的大门,穿过一条卖商品、纪念品的小街,来到一座小广场,突然我发现一对男女打扮得就像好多年前看到的一部美国电影的男女明星，他们风趣地向游人招手，好多人争着去同他们照相，我开初以为真是那两位明星来了，后来一打听，是替身扮装的，目的是增加游人乐趣。不过，在好多显著位置和纪念品商店里真明星的剧照很多，我选了一张被称为"好莱坞第一夫人"的瑞典籍著名影星英格丽·褒曼剧照，因为我很喜欢看她主演的几部电影，如《卡萨布兰卡》《煤气灯下》等，她不仅美貌，而且有高贵的气质和无可挑剔的演技。她年高时，在《东方快车谋杀案》中扮演了一个小配角，竟然也获得了奥斯卡最佳女配角奖。

接着，乘坐浏览车观光拍电影的外景场地，有的是真人演出电影的片断，有的是美丽的湖泊、街道的场片，最使人震惊的是穿越隧道。车刚开进隧道，就感到地动山摇，天崩地裂，

好莱坞影星（替身）

发生大地震的场片，房屋倒塌，火光四射，人呼马啸，一片狼藉，真令人可怕。出了隧洞，又是另一番景色。环球电影公司的拍片场更可看到许多特技和牛仔互斗的惊险表演。观光结束，又看了一场新近拍摄的宽银幕电影，电影色彩非常鲜艳，场面广阔，一不留神海浪竟像真的打在你身边，走向森林犹如身临其境。给人最大的感受，好莱坞真不愧为好莱坞！处处体现着独特、奇异、创新。

走出好莱坞，我们来小镇上的著名的"名人路"，也称"明星路"。街道显得很老旧，而且并不宽敞，但人行道两旁却很新鲜，地上镶嵌着许多铜五星，五星上刻着明星的名字，如果明星是电影明星，在五星的中央刻着摄影机，若是电视明星就刻着电视，广播明星就刻麦克风、歌星则刻着唱片的图案。明星街上

洛杉矶星光大道影星手模、足印

共有一千多颗五星，各种知名的文艺界人士基本上都能找到。街两旁还有不少影剧院，其中"曼斯"中国戏院以其门前留下的二百多位明星水泥脚印和手印而闻名遐迩，几乎使之成为好莱坞的同义词，好莱坞的新生片常常在这里首映。曼斯戏院是星光大道的特色地标，几乎也是中国游人到洛杉矶的必到之地。

梦幻般的不夜城拉斯维加斯

中午，将行李存入宾馆后，即乘车离开洛杉矶前往内华达州的拉斯维加斯。高速路两侧除了稀疏的灌木丛外，举目望去是无边无际黄色砾石组成的沙丘和红色的山崖，给人一种原始苍凉的感觉。

拉斯维加斯地处美国中西部的沙漠地带，原为印第安人聚居地。一八二九年，墨西哥商人首次来到这里，发现了泉水，给它取名为"拉斯维加斯"，这是西班牙语，意为草地。一八五五年，三十名摩托门教徒奉教主之命来这里垦荒，三年后落荒而去，只留下几座破木棚。一八六〇年出现淘金热，淘金者来了又走，只有一人留下，他利用摩托门教徒的遗址，建立了"拉斯维加斯庄园"。后来一批犹他州移民到此，发展为牧场。二十世纪初，随着联合太平洋铁路通达而逐渐兴起。先是有了小火车站，一九〇五年建市，于是有了第一家旅馆，旅客只需花一美元就可享用八小时的木床。这里也就有了第一家澡堂，总共只有一个澡盆。拉斯维加斯在茫茫沙漠中孤苦伶仃，没有什么生财之道。于是有人想起用赌博吸引过路的旅客，尤其三十年代在附近修建了胡佛小坝，每年吸引不少游人来观光。城市迅速发展，市区面积扩大到现在的一百四十二平方公里，人口猛增。一九三一年，赌业受州法律认可，赌博合法化，于是，投资者蜂拥而至，大兴土木，旅馆赌场如雨后春笋。逐渐奇迹般地发展成为世界最现代化的赌场和世界顶级娱乐场所，号称"赌城"。由于城市性质特殊，城市面貌也不同于一般城市，它是以豪华壮观来显示这沙漠之星。尤其到夜间，到处灯火辉煌，仿如白昼，令人目迷五色，叹为奇观。

当天下午五点，我们看到在绿色的热带树木间，出现了一座现代城市。街道两旁树影婆娑，绿草如茵，百花吐艳，一家

拉斯维加斯童话般的赌场

接着一家的酒店、赌场、婚礼教堂及形形色色的巨幅广告遍布城区。

我们入住希尔顿饭店，这是一家很大的酒店，一层就是赌场，超大型的霓虹灯装饰在楼前楼顶，周围的树木也布满各色彩灯。每一幢饭店几乎都是"火树银花"，设计独出心裁，五花八门，绝无雷同的式样，使拉斯维加斯的夜空灯火如海，这是一点也不夸张。

晚饭后，我们走上大街，这时夜幕刚降临，华灯齐放，霓虹灯和激光灯在夜色中闪烁光芒，五彩缤纷，令人目眩。成千上万的游人纷纷涌上街头，比白天还要热闹，车水马龙，高高的棕榈树下，人流如织；各种建筑物光怪陆离，各放异彩。各家酒店想方设法，用各种花招吸引游人，各大酒店免费提供给游人欣赏各种表演项目，各类不同的精彩表演项目每晚定时定场，而且各大公共场所都摆放有表演项目和时间的一览表，游人可随意取阅，根据自己的兴趣和时间安排前去观看。温城大酒店四十八层楼顶的"云霄飞车""高空弹跳"惊险刺激，金银岛大酒店的"火山喷发"场面壮观，惊心动魄……

贯穿拉斯维加斯市中心，当地人俗称为"长街"的拉斯维加斯大道，北至"弗利曼街"，南达"热带大道"，其间豪华赌场、饭店林立，是全市的精华地段。我们先到弗利曼街漫游，这是赌城的第一条街道、第一栋高楼、第一座电影院皆由此发源。这一段占地十七万五千七百平方英尺，在街道间搭起高近百英尺的天棚，晚上走进街道内犹如白天一样，蓝天白云用声光展现在天棚上。这一段横跨四个路口的街道天棚上安装了将近二百一十万个霓虹灯泡，由这些灯泡组合制造出六万多种不同的变化，让人叹为观止。

位于长街心脏地段的恺撒皇宫赌场饭店，可说是拉斯维加斯第一家主题赌场饭店。这座在一九六六年开业的大型赌场饭店，共有两千四百七十一个房间，风格完全仿照古罗马宫殿式建筑。这家赌场饭店最突出的是广场商店街，在这家与饭店相邻的商店街上，有许多罗马塑像、喷泉，让人恍如回到两千年前的古罗马时期。当年开业时，结合晚餐与魔术表演，名为"恺撒魔术帝国"的表演场地，也是恺撒赌场吸引游客的一大亮点。整个表演场地面积为六万六千平方英尺，游客能在此体验到魔术远古的艺术和神秘。

拉斯维加斯较为"传统"的一家赌场饭店要算是马戏团赌场饭店。沿着当年的习俗，马戏表演至今仍是该饭店的一大特色。现今饭店一楼赌场，二楼则是十分热闹的免费马戏表演区。从赌场或饭店其他非赌博性楼层，皆可看到高空走钢丝的表演、空中飞人。另外，还有特技表演、杂耍、秋千及小丑表演等。每天上午八时起到午夜每小时一次的马戏表演，能吸引大批的游客前往观赏。

造访金银岛赌场饭店让游客宛如置身著名小说《金银岛》中的场景。饭店入口横跨一座吊桥，吊桥下海浪拍击着人造海湾及依小说内容复制而建的小村落。每天下午三点到晚上十点三十分之间，每隔九十分钟有一场海盗表演。参加表演的专业

拉斯维加斯赌城夜景

演员们扮成海盗和英国水兵,双方隔着木桥作战,只见炮声隆隆,演员们在船上跳上跳下,打斗场面十分逼真精彩。金银岛赌场饭店面积为九万平方英尺,是众多主题饭店中颇受游客欢迎的饭店。

来到拉斯维加斯,不可错过的赌场饭店就是金殿了。走入金殿赌场大饭店,宛如走进热带波利尼西亚丛林中,热带植物景观、瀑布、沼泽,还有门口的巨大火山都让整座金殿赌场饭店充满异国情调。除了入夜后每十五分钟喷一次火的火山爆发景致之外,名声大噪的赌城"白老虎魔术表演"也是令金殿赌场饭店声名远扬的主要原因。我们没有看表演,却随着大玻璃房看到了白老虎的风采。据说,看表演的门票每人九十美元,是赌城最贵的表演，但却场场爆满。

金字塔赌场饭店，又称卢克索旅馆，耗资三亿美元。大门口是十层楼高的狮身人面像，主楼是三十层高的金字塔，外墙全是黑玻璃，底楼有一条人工河。客人在柜台登记后即可乘船去楼梯入口，电梯沿着金字塔内壁，以三十九度的倾斜缓缓上升。它的赌场有十万平方英尺。饭店的建筑以埃及著名的胜地"国王谷"和"皇后谷"为招牌。除了高达三百五十英尺的巨大金字塔外，塔顶还设计了一束非常罕见的强大光束，连远在拉斯维加斯之外二百五十英里的范围都可以看得见。

大米高梅赌场饭店有客房五千零五间，是世界最大的赌场饭店。光大理石就用了八百吨，全部采自意大利。据说意大利三个城市的石匠为此整整忙了两年。它还准备建一个占地面积达三十三英亩的主题公园，重现著名电影典型场景。

拉斯维加斯给人的印象是太奢华，太雕琢，太做作，这一切都是为了吸引游客和赌客。目前拉斯维加斯有规模的赌场二百七十多个，六万多台"老虎机"和成千上万张"二十一点"等的赌桌。赌场生意兴隆。帅哥靓妹、嗜赌豪客、休闲老人，以至带着氧气瓶、坐着轮椅的人，你来我往，络绎不绝。尤其节假日，"老虎机"前，赌桌周围，座无虚席，个个聚精会神。赌场通常设在饭店的楼下，老板的意图在于让你进门就赌，累了就睡，醒了再赌博。据说，到了圣诞、新年和中国春节等节假日，各大赌场的门口、走廊、通道、庭柱、柜台上张贴着财神像，堆砌着"金元宝"，挂满了用汉字写的"恭喜发财""如意吉祥""鸿运当头"等红布大条幅，以及众多的大小红灯笼。有的还邀请世界知名演艺人员表演中国传统的舞龙舞狮节目，以招揽华人赌客。

拉斯维加斯，除了是有名的赌城外，它还有个浪漫的名字叫结婚之城。据统计，近些年，平均每年在拉斯维加斯登记结婚的男女超过十万人，这里结婚手续非常简便。根据该市的法律规定，年满十八岁以上的男女，都可以独自前往婚姻登记处领取结婚证书。除此之外，还有个婚姻委员会也可以办理。在这里，不必排队，不必等候，连周末节假日都有通宵办公的结婚登记处，只要五分钟就可完成一切手续。

在赌城结婚，除了速度快之外，花样也多。可以选择浪漫的传统的教堂婚礼，这里办婚礼的大小教堂也很多，婚礼简便，几分钟一对；或者安排颇为前卫的直升机结婚、热气球婚礼或其他光怪陆离的结婚方式，还有二十世纪六十年代的复古婚礼，回溯中古欧洲的皇室婚礼，摇滚婚礼……真可谓应有尽有。除了向官方单位登记之外，赌城饭店大都可以代劳，甚至还提供各式主题的婚礼套装产品，供参考。

现在，可以说，拉斯维加斯是个已形成一个风格各异的酒店文化氛围，集博彩、娱乐、表演、运动、婚礼为一体的游乐形式，使人不得不称它为"西方花花世界的典型"。

美丽的滨海城市旧金山

上午十点离开拉斯维加斯，下午两点，又回到原住的洛杉矶饭店，取了寄存的行李，急急忙忙又赶往洛杉矶机场，办完手续已近傍晚六点。飞机晚点，六点五十分才离开洛杉矶，经过两个小时的飞行，七点五十分抵旧金山。

旧金山是美国西海岸的一座美丽的滨海城市。位于美国加利福尼亚州的西北部，三面环海，风景如画，气候宜人，冬暖夏凉，阳光明媚充足，是美国太平洋沿岸的一颗明珠。

一七七六年，当美国在东部宣布独立时，这里还是印第安土著人的乐园，是一个小村落。原名那瓦布埃纳，西班牙的一个殖民者在此安营扎寨，带来了欧洲人的文化和生活方式。后由墨西哥接管，美墨战争之际为美军所占。一八四八年，旧金山发现金矿，轰动世界的淘金热使旧金山迅速崛起。使大批来自欧洲、亚洲及其他地区的移民不断涌入，宣告了土著人传统生活方式的结束。取而代之的是以西班牙民风为基调，融合欧、亚、非等多民族文化特点，形成勤劳、朴实、真诚、宽容、散漫、牧歌般的特殊情调。两年后，人口即达三万五千人。其中，除美国人居多数外，还有中国人、马来人、墨西哥人、秘鲁人、夏威夷人，以及印度、俄国、法国、英国、德国等地的移民，颇有世界性城市的味道。随着人口的剧增，城市建设也步入正轨。出现了砖石结构的永久性住宅。一八五一年，旧金山在全国对外贸易额中所居名次仅次于纽约、波士顿和新奥尔良。

　　盛产黄金使旧金山声名大噪，华人称为"金山"，后来为了有别于新发现的澳洲墨尔本金矿，遂改称旧金山，其正式名称为圣弗兰西斯科，华人利用"圣弗兰"的谐音又叫它三藩市。随着黄金的开采，旧金山的工业、贸易以及附近地区的农业也发展起来，为城市发展奠定了基础。一八六九年后横贯北美大

旧金山全景

陆的太平洋铁路直通这里，大大加强了旧金山作为交通枢纽的地位，国际贸易兴盛一时。经过二十年的经营与发展，这个山野小村一跃成为美国十大都市之列。

由于旧金山地处太平洋断裂地带，历史上地震频繁，一九〇六年四月，发生八点三级强烈地震并引起延续三天的大火，使这座城市濒于毁灭，市区四分之三化为废墟，三十万人无处存身，成为当时世界的浩劫。但旧金山人并没有灰心，相反，更激起他们重建家园的热情，城市很快就恢复过来并持续稳固地发展着。当一九一五年，盛大的"巴拿马——太平洋国家博览会"在此举行时，一座崭新的更加现代化的城市展现在世人面前。短短的九年时间，这里的人民创造了一个神话般的奇迹。今天，旧金山实际上已包括奥克兰和圣弗兰西斯科两个部分，两城中是隔着很宽的海湾，用大桥相连。被称作"西部华尔街"的金融区，矗立着全市最高建筑五十二层的楼房，是美国最大银行美利坚银行总行大厦。其实力可延伸到海外，木材、矿冶、电子等工业也相应兴盛。著名的斯坦福大学、伯克利加州大学和世界驰名的硅谷也均在此，足以表明旧金山在文化、科技方面的雄厚实力。

旧金山市区，在一个狭长的半岛端，三面环水，北临海湾的入口处——金门。闻名遐迩的金门大桥凌空架于加利福尼亚州金门海峡之上。两岸陡峻，航道水深，大桥北端连接北加利福尼亚州，南端连接旧金山半岛，著名的红杉树国家公园就位于大桥的北面。在金门大桥建成之前，桥梁建筑学遇到的最大难题就是如何扩大桥孔跨径。当时的桥孔跨径多为几十米，很少有超过四百米的。这样，就必须在深水中建筑一些桥墩来支撑桥身。而在海峡中这是很难办到的。金门大桥没有桥墩，是把桥直接架在了两岸的两座门字型钢制桥塔上。桥塔耸立在大桥南北两侧，高三百四十二米，其中高出水面部分二百二十七米，相当于一座七十层高的建筑物，至今仍是世界最高的桥塔。塔的顶端用两根直径各为九十二点七厘米，重二万四千五百吨

旧金山金门大桥设计者铜像

的钢缆相连，钢缆中点下垂，几乎接近桥身，钢缆和桥身之间用一根根细钢绳连接起来。纲缆两端伸延到岸上锚定于岩石中。大桥桥体凭借桥两侧的两根钢缆所产生的巨大拉力高悬在半空之中。钢塔之间的大桥跨度达一千二百八十米，为世界所建大桥中罕见的单孔长跨距大吊桥之一，堪称现代桥梁建筑史上的一大创举。从海面到桥中心部的高度约六十七米，所以，即使涨潮时，巨轮也能畅通无阻。

大桥全长两千七百八十米（包括从塔桥延伸到岸的引桥），为此，又分别在两侧修建了两座辅助钢塔，使桥形更加壮观。桥面宽二十七点四米，有六条行车道和两条宽敞的人行道。大桥于一九三三年动工，一九三七年五月竣工，用了四年时间和十万多吨钢材，耗资三千五百万美元。整个大桥造型宏伟、壮观，朴素无华。桥身是橘黄色，如一条巨龙横卧于碧海长波之上。旧金山人历来都把金门大桥作为该城的象征，并引以为自豪和骄傲。我们是在近傍晚时刻来到金门大桥，目的是想不但看到白天桥身的宏伟全貌，在桥头看到人们为纪念大桥设计者工程师约瑟夫·史特劳斯做出的贡献而塑立的铜像，而且还看到夜幕降临华灯初放时，大桥的美丽夜景。大桥白天观赏和夜晚观看各有不同的体验，我感到夜晚的景色更迷人。

旧金山另一个重要特色是唐人街，它是古老而繁华的商业区，是美国城市最早、最古的唐人聚居地，华味浓郁，有着丰厚的东方色彩和独特的风情，有一百四十余年的历史。对于华人而言，旧金山大约是最熟悉的美国城市，在全市人口中，华人占有近三分之一之多。旧金山唐人街北起百老汇街，南至布珠街，东至坚尼街，西抵鲍华街，以沙加缅度街为中心，横跨十多条街道，规模相当大。我们一走进唐人街，就看到一座深绿色的中式牌楼和一对石狮子，上书孙中山先生"天下为公"四个大字，其中主要的街道为格兰特街，两侧有许多具有中国特色的纪念品商店和中国餐馆。橱窗内琳琅满目的中国商品，霓虹灯映出的五颜六色的汉字招牌。往来亦多华人，置身其间，似与北京前门、王府井无异。不过店铺比较低矮破旧，多为一楼一底，看不到高大建筑。据说，有几百家大大小小的中国餐馆和各地名厨云集于此，而且有从中国运来的食物名产和香气四溢的配料。穿行在商店间或餐厅里，耳畔所听到的大都是汉语，尤其广东话、福建话特多，近些年，普通话也日益多起来。唐人街是到旧金山的中国游客的必到之地，每年到此游玩、购物和品尝中国饭菜的旅客不下百万人次。会馆林立也是唐人街的一大特色，这不仅是当地华人联谊的场所，更是他们和祖国联系的纽带。唐人街还有许多中文书店和书摊，专门经销中文书籍、报刊、录像录音带。乡情割不断，这里的华人一时一刻也没有忘记故乡，都非常希望了解中国改革开放的政策和经济发展的情况，中国大陆出版的《人民日报》《中国日报》《北京周报》以及《中国建设》杂志等在这里颇受欢迎。香港的《文汇报》《星岛日报》《成报》《明报》乃至台湾的一些报刊在这里也可买到。此外，三藩市多地还出版了中文报纸《时代报》《金山报》等。近几年，这里又出现了好几家华语电台和电视台，向美国介绍中国文化和改革开放进程，经常播放中国的戏曲、音乐和电视电影，促进中美文化交流。

距唐人街不远还有个"城市之光"的书局及其门市部，这是先锋文人聚集的场所，当年著名作家、诗人金斯伯格、凯鲁亚克、卡萨迪、巴勒斯等，时常在这里朗读作品，因此，城市之光的文学聚会，已经成为旧金山的一道人文风景。它于一九五三年，由垮掉派诗人弗伦盖蒂创办。弗氏有意大利血统，先在巴黎读书，后来定居旧金山，与一批文人交往甚密，自己的诗歌写得也很漂亮，二十世纪五十年代中期就以一本《心灵有座兔子岛》蜚声美国文坛，此后写过《对逝去的世界的素描》《如何描绘阳光》及《旧金山诗行》等著作，获得过包括美国国家图书奖在内的诸多荣誉。弗氏的最初灵感，是由卓别林《城市之光》触发的。他在旧金山的百老汇街和哥伦布街拐角二楼，创办了一家同名的杂志，后来索性把楼下也租了下来，开始经营书局。他致力于出版新颖独特的书籍，追求政治上的激进，道德上反叛，艺术上创新，尤其关注敏感的社会话题，注意发掘社会底层的声音。

弗伦盖蒂有句名言："办书店，就其提供平台，让不同时代、不同年龄的人，可以在一起对话。"书店有两层楼，每天上午十点开门，到午夜十二点关门，连续营业十四个小时。我们在楼下、楼上都参观了一下。一楼摆满了书架，用书架隔成一格格小空间，读者可以坐在里面，随手拿架上的图书浏览。书架上的书主要是文学类图书，诗歌占了很大的分量，社会、文化的其他图书也不少。还有一些中国出版的新书。

楼上集中介绍垮掉派作家的作品，墙上贴了金斯伯格、凯鲁亚克等人的照片。在过道和楼梯旁的墙壁上，还贴有最近几个礼拜的文学活动安排时间和内容，有讲座、诗歌朗诵，作家签名售书等等。还有一些即将出版的图书介绍。走出书局，我看到有两个远道而来的女孩，背着背囊，看来是学生模样，对着橱窗在凝视陈列的书籍，看来是在寻找旧金山的心灵之金。

九曲花街是旧金山最著名的街，也是世界上最弯曲的街道。这个名气早有传闻，所以，这次来旧金山是不得不去的地方。这条街是十九世纪二十年代设计建造的，简称"九道弯"，长度不过四百米，而坡度很陡，有说坡度为二十九度，有说

旧金山九曲花街

四十五度。有九"S"形大弯，蛇形道两旁遍植花木，夏天的玫瑰和秋天的菊花，把它点缀得花团锦簇。有人说它像那种扭捏作态的女性线条，有人说是女性情结的波动。我们沿着人行道从下往上爬坡，边走边欣赏美景，一路弯曲，一路花，住户门前也种植各种多姿多彩的鲜花，也为花街增姿增色。看来路不长，可不是一口气能爬上去的，中间我休息了两次。从花丛中，看各种式样的汽车从上往下，一辆接一辆地滑行，规定车速不得超过五英里，看这些绕行的车也是一道很有意思的风景，如果有帅哥和美女向你招手，那更增添了乐趣。

旧金山人把"九道弯"花街作为自己的骄傲。如果有人对花街竟一无所知，那司机会大笑，说："这是世界上最弯曲的街道，也是我们旧金山最漂亮的街，快去看看吧！"我们爬到了花街的最高处，这里有较宽阔的道路，通市区其他地方。在花街的高处可以远眺海湾大桥和科伊特塔，也可从上往下看花街，繁花似锦，十分秀丽。

市区东北两侧都濒临大海，滨海一带房舍都很有特色，在绿树丛中有一些别墅群，造型各异，沿海岸有七八个码头，以东北部的渔人码头区最为有名，有各色各样的商店、餐厅。明天是感恩节，所以今天来这里购物的人很多，我们也算是来凑热闹吧。不过我们对商店兴趣不大，也不想买什么东西，加之，我们还要去东部好几个城市。我们在渔人码头，选择了一个比较僻静的地方，悠闲地坐在海边，眺望大海，观赏那肥胖白色的海鸥，一起一伏地飞翔。突然有一群白鹭飞来，它们彼此没有矛盾,相安无事,白鹭伸出一条长腿在水里轻轻地搅动一下,然后又将头埋进水里,似乎在寻找一顿便餐,不一会儿又飞向沙滩。我这时感到人与自然如果都能这样和谐相处,那是多么美妙。

渔人码头,虽然人来人往,看似繁忙,但是却很平静,不嘈杂。连美国人也承认,这里的节奏,这里的情调,是理想的度假胜地。晚间,我们选择了一家面临大海的餐厅,津津有味地品尝着新鲜的大螃蟹、龙虾,喝着有名的"锚"牌啤酒,继续欣赏着这美丽的海湾景色,那轻轻的海浪声、缆车叮叮的铃声,远处教堂悠扬的钟声,融合在一起,让一切沉浮、俗念都会置于脑后,充分享受这既现代又温馨的美好夜晚。

令人没有想到的是,旧金山有个光怪现象,就是在大街上、

旧金山渔人码头

在商店和餐厅里，可常见到成对的同性恋男女，同性恋在此是公开的、合法的。有说，旧金山是世界同性恋的中心。据旧金山民意研究公司一九八〇年的调查，全市人口为六十七万九千人，其中有八至十万人是同性恋者，约占七分之一。同性恋始于第二次世界大战，二十世纪六十年代激增，一九七九年达到高潮。同性恋者百分之八十八是男性，其他为女性，一半以上是白人，其次是黑人和亚洲人及西班牙人的后裔。百分之三十二的年龄在三十二岁以下。旧金山还定期举行同性恋大游行。中国作家蒋子龙在《过海日记》中，详细描述了旧金山第十三届同性恋人权运动大游行的情况："当天参加游行的男女同性恋者、同情者和好奇看热闹者有数十万人之多。同性恋男女中有：车手、医师、会计师、房地产经纪人等各行各业的人士。有些男子脂粉艳装，全身佩戴首饰。有些女子猎装男装，骑摩托车。

"游行队伍由女同性恋摩托车俱乐部的一百一十八辆摩托车队开道，游行者一路喝啤酒，聊天，跟着乐队演奏的狄斯科节拍跳舞。同性恋人的父母也组成一支游行队伍，对同性恋运动表示支持和赞助。人们满不在乎，放荡不羁，尽情欢乐，同性恋者相互拥抱并接吻。队伍中还有彩车五十五辆，用五彩缤纷的花卉结扎，由十二个人组成一个评判委员会，对彩车进行评奖。参加游行的以旧金山同性恋男女为主体，还有来自世界各国的同性恋者，包括一些仍把同性恋视为非法的国家的同性恋者，他们怕回国后遭歧视而不愿公开身份。

　　"游行进行了四个小时，然后队伍在市中心集会，宣读加利福尼亚州州长布朗的祝贺信，许多人士上台讲演，表演节目，大会历时近六个小时。"

　　在旧金山，我们待了两天，然后又乘班机直飞华盛顿。

一代巨星林肯陨落处

十一月二十四日晚七点（华盛顿时间），我第四次来到华盛顿。这次我最想去瞻仰的地方是一代巨星、伟人林肯遇难的场所福特剧院。林肯纪念堂是每次到华盛顿我必去的地方，对于林肯的伟大，我太佩服了。可福特剧院却一次也没去凭吊过，深感是件憾事。

林肯与美国两位开国元勋华盛顿、杰斐逊齐名，并称为美国最伟大的三位总统。而解放黑奴却是林肯独自的最伟大功绩，并为此付出了宝贵的生命。不但美国人，而且全世界人民都永远纪念他。

林肯于一八〇九年二月十二日出生在肯塔基州一个清贫的农民家庭，父母亲是英国移民的后裔。一八一六年全家迁至印第安纳州西南部，开荒种地为生。九岁的时候，林肯的母亲去世了。一年后，父亲与一位寡妇结婚。继母慈祥勤劳，对待前妻的子女如同己出。林肯也敬爱后母，一家人生活得和睦幸福。

由于家境贫穷，林肯受教育的程度不高。为了维持家计，少年时林肯当过俄亥俄河上的摆渡工、种植园的工人、店员和木工。十八岁那年，身材高大的林肯为一个船主所雇用，与人同乘一条平底驳船顺俄亥俄河而下，航行千里到达奥尔良。这是他第一次来到一个有四万人口的城市。旅途中，林肯亲眼看到了黑人奴隶遭受的非人待遇。他对伙伴说："等到我有机会打击奴隶制度的时候，我一定要彻底粉碎它！"

一八三〇年，林肯家再次搬迁，来到了美国中部伊利诺斯州的柯尔斯县。在这里，林肯开始独立生活，并于一八三二年应征入伍。林肯当兵的时间很短，退伍后，当地居民推选热心公务活动的林肯为州议员候选人，但是这次竞选没有成功。在二十五岁前，林肯没有固定职业，四处谋生。当过土地测绘员，在艰苦的劳作之余，林肯始终是一个勤奋好学，热爱读书的青年，他苦读的灯火常常闪烁到深夜。在青年时代，林肯通读了莎士比亚的全部著作，读了《美国历史》，还读了其他许多历史和文学书籍。通过自学他使自己成为一个博学而又充满智慧的人。

一八三四年八月，二十五岁的林肯当选为州议员，开始了自己的政治生涯，几年后，他成为一名律师。积累了州议员经验之后，林肯参加了国会议员的竞选，并于一八四七年获得了成功，第一次来到首都华盛顿。在此前后，关于奴隶制度的争论，成为美国政治生活中的大事。林肯逐渐成为坚定的反对蓄奴主义者。他认为奴隶制度最终应归于消灭，他主张首先应该在华盛顿取消奴隶制。代表南方种植园主利益的蓄奴主义者则疯狂反对林肯。一八五八年，共和党提名林肯为美国国会议员，他在接受提名的演说中明确地表示，"这个政府决不能忍受一半蓄奴制一半自由制的永久存在。"

一八六〇年十一月，林肯在美国大选中获胜，当选为美国第十六任总统。林肯当选总统后，南方蓄奴主义者看作是一场灾难。南北矛盾迅速扩大，在林肯宣誓就职前，南卡罗来纳州退出联邦，战争一触即发。林肯就职一个月以后的四月十二日，南部联邦的军队攻击了政府的一个要塞，从此，南北战争爆发了。

为了维护国家的统一，林肯在困难的条件下运筹帷幄，调兵遣将，鼓舞士气，化战争不利为有利。南北战争头两年对北方十分不利，在林肯的坚定指挥下，战争形势逐渐好转。战争中的一八六二年九月二十二日，林肯颁发了《初步解放宣言》。当年年底，林肯签署了经过修改的《最后解放宣言》。他在签署了这个文件后庄严宣布："在我的一生中，从来没有比此刻签署这个文件时更加相信自己是正义的。"根据这个宣言，美国从法律上废除了奴隶制。

一八六三年七月一日，南北双方军队在宾夕法尼亚州的葛底斯堡进行了关键性战役。北军获胜，战局从此向有利于北方的方向胜利发展。

一八六四年十一月，林肯第二次当选总统。当选后，林肯以极大的努力要求参众两院通过宪法第十三修正案——宣布蓄奴制为非法。这项历史性的宪法修正案于当年底终于获得通过。

一八六五年三月四日，林肯在国会大厦前宣誓就职时发表了震撼人心的演说。此时的林肯达到了一生光辉历程的顶点。

一八六五年四月九日，被逼入困境的南军统帅李将军向北军格兰特将军投降，持续将近四年的南北战争终于宣告结束了。消息传来，华盛顿一片欢腾，街道上张灯结彩。作为国家军队的总司令、美国总统林肯那种兴奋是不言而喻的。

四月十四日，星期五，耶稣受难日，林肯仍然沉浸在胜利的喜悦中，这天，他在白宫对一位朋友说："今天早上，一切都充满了光明。""战争结束了……现在我们看到好光景，将有一个统一的国家。"他决定于晚间去福特剧院看一场轻松的话剧，可万万没想到在林肯总统观剧时被蓄奴主义者杀害。

福特剧院的前身是一座基督教浸礼会教堂。一八六一年，这座废置的教堂转租给剧院管理人约翰·福特，经他改造后成为华盛顿最出色的剧院，观众席为三层，可以容纳一千多观众。人们习惯地称之为"福特剧院"。

在一个阴天的上午，我来到华盛顿西北区第10街，沿街北行，经过美国司法部大楼，走几分钟，就看到路边右侧有一座上端为赫红色，大门为白色的古典式尖顶建筑，它是第10街511号，这就是福特剧院。上午九点以后就对外开放，随着参观人群，先到一层剧场，然后转到二层的总统包厢，林肯就是在此被刺杀的。看了看包厢，我心情特别沉重，然后参观林肯纪念馆，常年展出的四百多件展品，揭示了福特剧院的历史和林肯遇难的经过。最后就去参观彼德森小屋，临时抢救处，也是林肯的逝世处。屋内有一张小床，林肯就是在这张小床上与世长辞。现在它成为历史遗迹的重要组成部分。

　　林肯是一位戏剧爱好者，尽管内战期间公务繁忙，他还是抽出时间，多次到福特剧院看戏。他看得比较多的是莎士比亚剧作，特别是莎翁的轻喜剧。一八六四年秋天，临去葛底斯堡发表演说之前，林肯来到福特剧院看了一场话剧《大理石心》。剧中一个主要男演员叫约翰·布思。可惜，林肯不可能知道，正是这个布思，竟然是日后暗杀他的凶手。

　　布思是一个狂热的蓄奴主义者，但是和南军没有什么直接联系。在整个南北战争期间，他经常在华盛顿登台演出。一八六四年下半年以后，南军最后溃败的结果已经明显，布思即开始和几个同伙策划阴谋。最初，他们打算绑架林肯和他的重要内阁成员，迫使政府立即释放被俘的数千名南军士兵。他们已经在策划刺杀林肯的国务卿，但是还没有动手就闻知南军覆灭投降的消息，被这个消息激怒的布思决定自己行刺林肯。

　　四月十四日晚上，林肯夫妇来到福特剧院。为了庆祝胜利，剧院不仅高挂彩灯，还特意装饰了林肯常用的总统包厢。林肯等人入座后，戏剧就开始了。这天上演的是一个喜剧《我们的美国表兄》。主演是出色的女演员。演出吸引了观众，还吸引住了当天林肯带进去的唯一卫兵，居然离开了林肯，不知走到哪里专心地看演出去了。

　　当晚时针十点稍过，熟门熟路的布思走上了二楼，在没有一个人阻挡的情况下进了总统包厢。包厢很小，只能容纳四个人。这天，除了夫人以外，陪同总统的还有一位年轻姑娘克拉拉·哈里斯和她的男友亨利·里德·拉思伯恩少将。林肯恰巧坐在最靠门边的椅子上，距离包厢入口不过一米。推门而入的布思丧心病狂，掏出手枪抵近林肯脑后。随着一声枪响，林肯应声倒在椅子里。

陪同林肯看戏的拉思伯恩将军听到枪声跳了起来，扑向凶手，被左手持刀的凶手刺中胸部。布思摆脱了拉思伯恩将军，一下子从包厢跳到了舞台上。其实只不过是两米多的高度，布思却一下子摔断了左腿上的一根骨头，拖着伤腿从舞台侧后的小门蹿出，骑上预先拴在那里的马逃走了。

布思随即受到联邦政府的通缉。半个月后的四月二十六日，布思逃到弗吉利亚的一个农场时被搜捕的联邦部队包围。躲在烟叶仓库里的布思开枪拒捕，被联邦士兵开枪击中，受了重伤。当士兵们扑上去将他拿下时，布思连连说："杀了我，快杀了我吧！"联邦士兵对他说："不，人们要让你活下去。"可是因为伤势太重，放上担架的布思很快就死了。

以布思为主角的阴谋小集团也很快被破获，其成员遭到逮捕。对他们的审判从五月十日开始，六月二十九日结束。首恶的三男一女被处以绞刑。

由于林肯是在福特剧院遇难的，剧院马上就被陆军部查封了。事后尽管很快查明剧院主人与刺杀林肯案无关，迫于公众的激愤心情，剧院还是不能开张。政府干脆租借了这个剧院，后来又把它买下来，先是联邦政府的文件保管所，然后变成了军事医学博物馆。

二十世纪四十年代后期，美国公众要求修复福特剧院的呼声逐渐高涨。到六十年代，国会同意拨款修复。一九六八年二月十三日，修复后的福特剧院向公众开放了。它和设在剧院地下层的林肯纪念馆、街对面的林肯逝世处——彼得森小屋一起，统归美国公园管理处管理。

展馆中陈列着林肯遇刺时穿的大衣，还有被他鲜血浸染过的毛巾。最触目惊心的是当时凶手行刺时使用的手枪。这是一把只有四点四毫米口径的单发小手枪，只有半个多巴掌大。布思行凶后，手枪落在地板上。和行凶的手枪陈列在一起的还有凶手扑向林肯时手持的短刀以及凶手在行刺前写下的日记……这个展馆展示出历史的重要一页，让游人心中对这颗巨星、伟人林肯留下永远的悲痛的怀念，永远记住他为人类平等做出的巨大贡献。

圣诞节前在纽约

前几次到纽约都是春天、秋天，而这次来纽约却赶上冬天，而且离圣诞节不到一个月。天气虽较寒冷，但各处的氛围却很炽烈。商店里已开始有节日的气氛，装饰得花花绿绿，五彩缤纷。我们住的曼哈顿罗斯福饭店已开始装饰圣诞树和彩灯。我感到很幸运，能在最繁华的闹市，体会这个一年之中最受人们重视的节日，真是难得的机会。

我与桑恒康教授已四年没见面了，一住进宾馆我就给他打电话，他听说我到了纽约，非常高兴。他立即要来看我，我说："天色已晚，改日吧！"他坚持说："今天我请你吃晚饭，我们提前过圣诞。"既然是要提前过圣诞，那我只有从命。原来我想在我住的罗斯福饭店请他吃西餐，他坚持要请我吃家乡饭。

天下着小雨，街上的灯光已大放光彩，桑教授年近八十高龄，还自己开着车到宾馆来接我，他知道我是江苏人，特地选了一家"中国城"的淮扬饭店。当车在街上行走时，我发现同上几次到纽约的明显区别是节日气氛更浓了，街道的门窗，都挂满了许多的饰物，郁郁葱葱的圣诞树，鲜红透亮的圣诞花，雪白胡须的圣诞老人，已经开始出现在街头和商店门前。桑教授告诉我，越是靠近圣诞节，童话般的节日氛围越浓烈，那些彩色灯泡和蜡烛，先是点燃一盏一株，继而两盏两株，由远及近，到了圣诞节前夕，所有彩灯蜡烛在同一瞬间大放异彩，火树银花，宣告圣诞节终于来到了。我说，那是很精彩之夜。

　　我们直进"中国城"的淮扬饭店，老板在门口迎我们，正巧他也姓朱，真是走到自己家了。听说我也姓朱，他更加热情地接待我们。他亲自为我们推荐几道著名的淮扬菜，如淆肉、煮干丝、狮子头、扬州包子等。味道做得很地道，桑教授同我，都赞不绝口。在席间，我们畅谈了教育问题。我向桑教授请教说："你在美国名牌大学教过多年书，后来又在中国南开大学带过

与纽约街头的圣诞老人合影

多届研究生，你对两国学生的特点能作点评价吗？"他说："中国学生给我最深的印象是学习比较刻苦，老师布置的作业完成比较认真，但是有个弱点是不善于同老师争辩。"接着他又说："我在哈佛大学教书，几乎每堂课都要同学生争辩，我们老师也鼓励学生同我们争辩。"我说："哈佛的校训就是追求真理，真理是越辩越明。我们中国的传统教育也是强调百家争鸣。"桑教授说，美国的小学就强调学生对老师说不。我说："这些年国内的应试教育，搞得死记书本，重复老师的，搞得很可怕。"接着我又补充说："现在国内也在慢慢改，也很强调创新，因为，不创新没有前途。"在这个问题上，我们的观点都很一致。他希望中国多出优秀的创新人才。

饭后，桑教授又开车送我回宾馆。告别时，他问我："在纽约还有什么安排需要我陪的事？"我心想他这么高龄了，哪能再麻烦他，但我知道在这里可不能说别人老，那会引起老人生气的。我只是说："非常感谢你的关心，提前过了一个愉快的圣诞夜晚，祝你健康长寿！这里的一切都已安排好了，请放心。"真没想到，这次分别，竟然是永远的告别。两年后，桑教授因病去世了。

第二天，我们按安排去华尔街。这是一条世界上赫赫有名的大街，其实它并不大，也不长。华尔街是英语"WAII"（意思是墙）的音译。据华尔街街口大厦墙上镶嵌着的铜匾记载，一六五三年，荷兰统治时期，这里是新阿姆斯特丹总督的驻地，为了方便警卫，总督下令用木头在曼哈顿流域即哈德逊河和东河之间筑起一道围墙形成一条街，就地取名"墙街"，这就是最早的"华尔街"。后来，英国人取得了这块地方，一六九九年，围墙被拆除，但街名却一直沿用至今。当年，这条小街是农产品和黑奴的交易中心。

华尔街从头至尾共有一百二十个门牌，清一色的摩天大楼高耸入云，遮住了阳光，使华尔街远远看去像是一条昏暗、狭窄的人造大峡谷。华尔街全长不过三分之一英里（不到一公里），别看它只有这么短的路程，中间却横着九条街，包括著名的百老汇、唐人街都是一箭之遥。这里是国际"金融道"高手云集的地方，是美国和国际金融业的神经中枢，更是世界金融界的许多领军人物和精英大显身手的场所。

我们先来到华尔街的美国联邦国家纪念堂，以前是联邦政府大厦。一七八九年，美国首任总统乔治·华盛顿就是在这里宣誓就职的。它曾是纽约股票市场的"发源地"，后变成纪念堂。纪念堂的外面有华盛顿塑像，这位英姿飒爽的将军，如今天天注视着华尔街上川流不息的人群在分秒必争地进行着一场特殊的战斗。许多游人都争着在这里摄影留念。

华尔街 11 号，就是名声鼎沸的纽约证券交易所。虽然这座只有七层楼高的大厦，从外表看没有什么特别之处，被高出它一大截的纽约摩根抵押信托大厦及欧文信托大厦夹在中间，颇有委屈之感，但它对世界经济的影响力却是巨大的。华尔街的资本运作平均每天超过两千亿美元，使华尔街成了名副其实的垄断资本的代名词。

　　纽约证券交易所建于一九〇三年，原是一座古希腊巴底隆神庙式建筑。纽约的股票市场早在一七九二年就已初具规模。一八八二年，来自罗得岛的两位企业家查尔斯·道和爱德华·琼斯开始建立一整套分析市场供求关系和价格指数的情报系统，并且每隔一小时公布一次，以保证它的连续性和及时、可靠，这就是延续至今的道琼斯指数。华尔街最早的二十四位股票经理人是通过打手势来谈判交易的，今天在纽约证券交易所，情

纽约的华尔街华盛顿塑像

况则完全不同了，无论是买方，还是卖方，都是依靠计算机的荧光屏来进行交易的。

纽约证券交易所的交易大厅只准佩带证件的会员出入。为此，每个会员每年需要缴纳一笔数目可观的会费。在股票交易所二楼，有一条狭长的公共走廊，每天上午十点至下午四点，对公众免费开放，以供人参观。我们是上午十点多来到交易大厅二楼公共走廊，这时股市交易已经开始。二楼走廊看台，如同戏院里包厢，是用玻璃同交易大厅隔着的，可通过玻璃窗口观看大厅里的繁忙交易情况。同时，每个包厢都有电话，电话用英、法、德、日等数种语言报告股市行情，我拿起电话，选择英语按钮听了一会儿，不做股票生意，兴趣也不大，只是来看看热闹的场面而已。只见交易大厅里，摆满红红绿绿大大小小的屏幕和电脑，人头攒动，往来穿梭，争分夺秒，忙忙碌碌。据说，这里每天有高达二十五亿股的证券易手，交易时间以秒计算，可谓真正意义上的"秒杀"。有人突然暴富，有人倾家荡产。贪婪与机遇，神话与悲剧，共生并存，这就是资本世界的现实。我们在二楼转了一圈就去交易所的电影馆，看了一场电影介绍交易所的情况。

走出交易所大门不远，就看到安置在华尔街与百老汇大街交会路口的一尊铜牛塑像，这是华尔街的著名标志。铜牛长约五米，重达六吨，身体健壮，两眼放光，低头弯角，跃跃欲往前冲，浑身上下透着一股令人震撼的牛气；铜牛的犄角和鼻子被人抚摸得闪闪发光，不少游人甚至爬上牛背去照相。炒股者更是希望寄托这种精神，带来牛气冲天的行情，使好梦成真。

华尔街银行林立，美国联邦储备银行也设在这里，这家银行的地下金库共分五层，仅一道大门就重达九吨。在这条金融街上班的人，据说有十多万人。由于街面狭窄，无法停车，几乎没有人开车上班。每天早晨，这里银行、公司的职员和经理们分别乘地铁和公共汽车从各处赶来上班。除了节假日，每天早晨九点前和下午四点钟后，整条街都是一片黑黝黝的人头，一个紧挨着一个，走在人流中可真不容易，走慢了，怕后面人撞上，走快点，又怕踩到前面女士的高跟鞋。这么短的街，在相同的时间，容纳十多万人这也真算是个奇迹。

由于电脑、电讯及同类科技的迅速发展，人们不必非要集中到昂贵的写字楼办公，因此，现在华尔街写字楼空余三分之一。尽管如此，华尔街仍在国际金融业中起着举足轻重的作用，具有相当的竞争力。来纽约的人一般都会到这条名街看一看。

不过在华尔街漫步，我却感受不到什么诗情画意和浪漫色彩，街上人很多，表情漠然，行色匆匆，仿佛是在进行一场竞走比赛。华尔街的故事是悲喜同在。男儿有泪不轻弹，可华尔街是很容易让男儿们落泪的，它制造了不知多少破产、自杀和可悲的事件。在华尔街上，许多人都不会忘记一九二九年十月二十四日那个"悲惨的星期四"，属于美国一千二百八十家最有名望的企业股票突然急剧下跌，失去控制。到中午十二点，已有两个银行家、一个经纪人因破产自杀身亡。最终全部证券贬值一半，几百万人破产。同时，华尔街也制造了不知多少隔夜的暴发户，真是几家欢乐几家愁。这里，确实不是一般人可久留之地。

　　下午，我们去洛克菲勒中心。只见这里一片喜迎圣诞节的繁忙景象。到处是彩灯、彩旗、鲜花，四周都是高楼，中间有一块下凹式的广场，西侧的主墙中央有一尊高约五米的古希腊神话人物盗火英雄普罗米修斯的镀金铜像，下面是涌起的喷泉，金光灿灿，神像好像在银光闪闪的喷泉上舞蹈，十分吸人眼球。现在正是冬季，广场变成溜冰场，无数滑冰爱好者来此一展英姿。广场东面是连接第5大道的街心花园，一年大部分季节里，都是流水潺潺，花草繁茂，是诱人小憩的宝地。

　　洛克菲勒中心始建于二十世纪三十年代末，是美国著名金融家小约翰·洛克菲勒得意之作。二十世纪八十年代，中心被日本财团买走，后来，日本经济泡沫破裂，美国人又趁机把中心买了回来。中心是一个由十九幢大楼组成的庞大建筑群。许多国际大公司，如著名的通用电器公司、时代华纳公司、美联社、美国全国广播公司电视节目制作中心都在这里安营扎寨。许多大建筑，几乎都有穿越廊，甚至把整个底层用作供市民穿越和休憩的大厅。一年四季这里都显得很热闹。圣诞节前后这里更是如梦似幻，主楼正面前竖立着一棵二十多米高的巨型圣诞树，有说是北美最大的圣诞树。上面装饰着数以万计的彩灯和水晶球，每到夜晚，圣诞树上五彩缤纷，群星璀璨，与周围的节日灯火交相辉映，宛若仙境。圣诞树在美国并不罕见，但洛克菲勒中心的圣诞树却与众不同。它是派人到周围各地选拔来的，入选的多是有数十年树龄的挪威云杉，既高大挺拔，枝叶茂盛，形状又要英武对称，装饰起来令人更加喜爱。我们到洛克菲勒中心时，这颗高大的圣诞树正安放装饰完毕，并在开灯试验，我们也算大饱眼福。

洛克菲勒中心还有一个景观叫"巨石之巅"，位于二百六十米主楼顶墙，造型像一艘豪华巨轮，每年要接待二百多万游客。我们乘电梯上顶层到观景台，它四周有三米高的双

纽约洛克菲勒中心圣诞树

层玻璃防护墙，既挡风又安全，还不会影响视线。站在观景平台上可以俯瞰纽约全景：南面是久负盛名的帝国大厦和曼哈顿中下城，东面是克莱勒斯大楼和联合国大厦，北面是纽约的绿肺中央公园，西面是哈德逊河和对岸的新泽西州。此时此刻，"一览众山小"的感觉油然而生。今天天气很好，能见度可达一百多公里，我们可以远眺长岛、大西洋、康州和新泽西州的东部，真是美不胜收。

圣诞节前的纽约商店

"黄金湖岸"的奇葩芝加哥

　　下午四点，离开纽约罗斯福饭店，乘车去机场，晚六点乘机飞赴芝加哥。我的邻座是北京大学经济管理系的学生，她叫杨秋梅，在芝加哥的一所大学读博士，她来美国已快五年，读了两年硕士，现在博士已读了两年，她现在的专业是城市管理。我一听她的介绍，我说："那咱们是同行了。"她客气地说："你是老前辈了。"由于这层关系，一路上我们的话题就很多。她谈了一些学习情况和芝加哥的城市特色。她认为这个城市是个建筑艺术博物馆，各种不同风格的楼群很多，出了一些设计名家，她现在正在读他们的著作，研究他们的建筑风格。我说："这是很好的机会，不但读书，而且还可多到现场观察体验。"接着，我问了她们的生活情况。她说，学校有餐厅，有公共服务设施，学校周围也有许多商店、餐馆，生活上基本由自己安排。她是租了一间一位老太太的房子，一个月不到二百美元，还可以自己做饭。有时间同老太太聊聊天她就很高兴。

　　我们聊着时间过得很快，飞机开始下降，大约飞行一个多小时就抵芝加哥。此地比纽约时差晚一小时，芝加哥时间晚七点抵机场。同杨秋梅同学告别，我们各奔东西。一位肖小姐来接我们，送我们住进宾馆，她就走了，其他的事就靠我们自己来办。

在宾馆吃了晚饭后，我就给一位老朋友嵇国云女士打电话，她一听说我来芝加哥，非常高兴，而且马上就决定明天晚上要宴请我们全代表团人员，我也只好答应。她来美国已好多年，先是读书，然后工作，跟一位美国人结婚，她的先生叫纽门。两个人感情很好，家庭很美满，有了两个女孩，一个读中学，一个读小学。他们住在郊区，明晚同她先生一同来看我。

芝加哥是美国中部的中心城市，在伊利诺伊州东北部，位于美国中北部第一大湖密歇根湖之滨，占地五百八十余平方公里，是美国的大都市。它的历史，也就是美国的发展史，大体可分为：十九世纪、二十世纪上半时期、下半时期三段。

一六七三年有两名法国探险者到此。十八世纪时，当地被用做运输点和贸易点。一七九五年，美国在当地河口一带获得九十三平方公里土地，一八〇三年建立要塞，后在四周兴建居民点。一八三三年，芝加哥建市，随着经济的起伏，城市建设也经历过几个高峰期。在十九世纪，一八三三年至一八三六年，三年中一块原价一百美元的土地上涨到五万美元以上，其建筑多为二层的砖房；一八四八年至一八五六年，成为美国主要的铁路中心，房屋也升高到四层为主的砖石建筑。一八六三年至一八七一年，芝加哥也是美国的屠宰中心，中西部大草原上的牛、马、羊都送到这里来屠宰。据说，一八七一年有一天夜里，牛踢翻了一盏油灯，引起了一场震惊世界的大火灾，芝加哥被烧毁，使十万人无家可归。芝加哥只有从头开始新建，这也是芝加哥获得更快发展的机会。随着伊利诺伊州——密歇根运河开通，城市兴起，规模扩大，人口激增。此后，出现了十层以上的建筑，这一时期建筑设计领域中，英雄辈出，首先值得提的是杰尼（一八三二——一九〇七），他出生于美国东部，富有经营头脑和创新精神，一八六七年以建筑师名义开业于芝加哥，很快就成为"芝加哥学派"的创始人和"美国摩天大楼之父"，后来的著名建筑师沙里文和伯纳姆等都曾供职于他手下。他敢于把刚出现的新技术运用于设计，先后采用了铁、钢、电梯、中央采暖等，使建筑物不仅突破了十层的高度，还解决了防火的问题。当时，芝加哥和纽约处于相互攀比和竞争的局面，在技术上相差无几，但纽约的高层建筑受欧洲文化的影响，总要多讲究些装饰，而芝加哥则更为率真，所以也被人称为"商业风格"，典型的有杰尼主持设计的家庭保险公司大厦，一八八五年建成，十层，被誉为"第一栋摩天大楼"。

　　沙里文（一八五六——一九二四），也出生于美国东部，辗转来芝加哥。他以提出"形式追随功能"的现代主义建筑教规而知名，并身体力行。他的创作高峰集中在一八八八年至一九〇〇年间，所设计的摩天楼（不全在芝加哥）结构简洁，挺拔有力，像一个直立的巨人。后来他走向下坡，无人问津，郁郁而终。但死后二十二年，却被美国建筑师学会授予金奖，并被公认为美国现代建筑的创始人之一。至今，芝加哥圈还保留了他与同伙人设计的大剧场（一八九〇年）和百货大楼（一九〇四年）。

伯纳姆（一八四六——一九一二），他同沙里文正相反，生前风光，死后却备受批判。他早期与另一位建筑师路特合作设计了一批高层建筑，至今尚在芝加哥圈内可见到。但在路特去世后，已成为当地最大设计事务所负责人的伯纳姆却出现了转向古典主义及东部（纽约）风格的倾向，突出地表现在由他主持的一八九三年芝加哥世界博览会的设计中。当时他有感于芝加哥建筑师在商业建筑中独树一帜，但在其他公共建筑却无甚建树，就从东部请来一批名流，与当地建筑师共同设计了一个被称为"白色城"的古典建筑群（后拆除）。沙里文对此极为愤慨，斥之为"反动倒退"。

后来又出现了一位年轻人叫赖特（一八六七——一九五九），他在沙里文手下工作过六年，也在伯纳姆事务所供职。据说，伯纳姆很欣赏他，要提升他为合伙人，并保送去巴黎实习，但赖特却拒绝了。他走自己的路，不久在住宅设计中创造了富有美国特色的"草原风格"。他也试探过高层建筑设计，特别提出过田园城市色彩的"一里高大厦"和"广亩城市"等设想，但都无法实现。之后他干脆离开城市，先在郊区设计，后来又到美国西部沙漠发展。他远离主流派，却成为美国和世界最受尊敬的大师。

二次世界大战爆发，纳粹杀害犹太人，大批犹太建筑师来到芝加哥，使芝加哥的建筑业达到一个鼎盛时期。芝加哥有一个很好的自然条件，它坐落在大湖的旁边，地质都是岩石，坚硬牢固，摩天大楼才能得以林立。所以，芝加哥有"万国建筑博物馆"之称，除了有大量的欧式传统建筑外，各式风格、色彩明亮的现代主义建筑，尤其高层建筑比比皆是，沿着宽阔的大街绵延展开，巍峨壮观，布局有序，功能齐全，使之成为一座名副其实的展现建筑艺术的城市博物馆，游览芝加哥，又像读了一部生动的、活的建筑史。

上午，我们到市中心的芝加哥河上泛舟，这是欣赏芝加哥的建筑博物馆的最好方式。市区设有游艇码头，我们乘游艇顺流而下，沿河长廊展开了美丽的画卷，头顶无边的蔚蓝天空，远望不同风格的建筑群，两岸绮丽、奇特的景色尽收眼底。通过专业导游的介绍，对芝加哥几十座重要建筑的历史和现状了解得一清二楚。芝加哥市区内摩天大楼之多仅次于纽约，当今世界著名的摩天大楼有两座就在这里，位于市中心的西尔斯大厦，"9•11"纽约恐怖袭击以后，它又重新为美国的第一高楼。

在西尔斯大厦附近我们下了游艇，沿着整洁的街道，走进西尔斯大厦。地下三层，地上一百一十层，高四百四十二点四八米。矩形，钢架结构，造型朴实，美观大方。铝质外壁，呈深褐色。窗户玻璃为青铜色，在阳光照射下熠熠发光。装有一百零三部电梯，一万六千扇钢窗。配有全自动洗刷机，一般每半月擦洗一次外壁和窗户。冬季为防积雪，大厦周围和人行道的地下有热气上通。大厦一、二层全是商店，为了迎接圣诞

节也是装饰得花枝招展，五彩缤纷。我们没有在商店转，而是
花了二点五美元购票乘高速电梯直达大厦一百零三层的观景台。
楼顶中间是饭馆、小吃部、商店，四周是平台，可供游人从各
个不同方位鸟瞰全市，和远眺周围几个州的山山水水。观景台上，
每隔几步有一个固定的大望远镜，投进一角美金硬币，可以看
十分钟。我在观景台转了一圈，整个市区一览无遗，顿觉心旷
神怡。

芝加哥街景

　　中午，我们就在大厦餐馆吃了西式快餐，喝了些饮料，花钱不多，但就餐环境很好，窗户很大，可以边吃边继续欣赏芝加哥的建筑艺术，同时，也得到片刻休息。本想多坐一会，但就餐的人很多，也就自觉地给别人让座。有的年轻人，手里拿着快餐和饮料，也不寻找座位，站着就三两口地吞了下去。

　　走出西尔斯大厦，我们还看到好几座六七十层的高层建筑，也都各有特色。其中有一幢是红色的，像一根擎天火柱直插进云空，它是芝加哥的"人民保险公司"。还有一幢是银色的，光芒闪烁，像一支巨大的白玉簪，它的高度仅次于西尔斯大厦，是豪富的"石油公司"。在芝加哥市中心，还有一座白色的菱形大楼，高有三十层左右，造型优雅，外观华丽，看起来好像是一座艺术中心，但是想不到它竟是一座监狱，没有铁门、铁栅、铁窗，建筑师在设计上下功夫，有艺术结构的外观，不装"三铁"，仍然可以达到"三铁"的效果。比如窗口，建筑师将此设计成放射形，外面看起来很大，里面的窗口很小，犯人休想从窗口爬出来，这就是艺术型的监狱。

　　下午，我们到近郊区看了一下。漫步走到一个中产阶级的社区，这里紧贴市中心，可又闹中取静，房屋风格千姿百态，树林繁茂，花草丛生，虽然现在是冬天，但也绿色盎然，即使是人行道两旁树木也非整齐划一，而且品种多样。各家各户的小小庭院，依照主人的喜好，或种树，或栽花，或植游藤，充分展现了生物的多样性和生活的不同趣味，也将社区打造得十分典雅、美观。各种候鸟也在社区悠然飞翔，与人嬉戏，小松鼠更是来回穿梭出没于树林草丛中，展示出人与自然和谐相处的动人画卷。

晚七点，我们去芝加哥唐人街的湖南饭店，应邀赴宴，纽门夫妇已经提前到了，他们从二百里外特地赶来，按中国的习惯，为我们"接风"。纽门先生和嵇国云女士都非常好客，本来他们孩子病了，患感冒，我说："通通电话就可以了，不必来芝加哥了。"嵇国云女士却说："你从万里之外都来了，我还能不来吗！"她点了餐馆的著名菜肴，如龙虾、清蒸鳜鱼、烧鸭、香鸡、烤肉等，款待我们。他们夫妇都是研究城市问题的，席间，我请他们介绍一下芝加哥的城市建设和环保情况。首先是纽门先生说，芝加哥自那场大火以后，历届政府都十分重视城市规划和生态建设。芝加哥的规划，最大特色是公众参与。美国没有固定的规划模式，也没有统一的规划技术规范，但有一条是一致的，就是把公众参与作为规划的重要组成部分。接着，他说，只有公众满意的规划，才是好的规划，只有在制订规划时坚持自下而上，充分发扬民主，才能保障规划实施过程中的可行性和严肃性。规划是平衡眼前利益与长远利益、商业利益与不同利益主体特别是弱势群体利益的重要手段。他说：芝加哥的城市布局和形态是市中心高密度地集聚数十幢高层建筑，城市其他地区多为两至三层建筑或别墅建筑。二十世纪八十年代，美国规划界就提出了"以人为本"的规划理念，一切以人的基本需求来规划和布置城市，让城市成为最适合人们居住、生活的载体。芝加哥人要求规划师以行人的眼光看城市，而不是坐在车里看城市，处处考虑行人的需要。在交通路网方面，除已建成的高速路、快速路外，多建低等级道路，增加路网密度，新建自行车专用道和人行道，对社区道路有意加入降低行车速度的设计，形成适合步行、与人友善的社区。

嵇国云女士说：芝加哥城市街区设计是以宜人为尺度，绿化开敞空间为特色。这里没有"大广场"，有的是与人运动、休闲相宜的草地；这里也没有"宽马路"，无论是市中心还是居住房区，均以高密度的低等级道路联结成网。接着她说，城区高楼林立，主要是办公、商业区，居住房区大都在城外和郊区，都是低层建筑，而且交通特别方便。她还介绍了新都市主义，即将商业与居住房、写字楼办公建筑混合起来，形成下店上宅；提倡住宅区与学校、医院、商场及无污染的产业结合起来，减少因居住与就业分开形成的交通流量。通过重新规划公共交通体系包括重点开发公共交通沿线站点地区，加大对公共交通的补贴和投入，改善公共交通换乘条件，控减个人小汽车使用频率。

纽门接着又说，芝加哥是美国最重要的冶金、机械制造中心，却保持着蔚蓝的天空、清洁的空气、清澈的湖水，主要得益于芝加哥人不是把环保视作支出，而是视作收入，通过改善环境，塑造和提高城市的综合竞争力。芝加哥人崇尚自然，尊重自然，力求和自然合为一体，而不是主导自然。他们不仅讲发展，而且讲发展的代价，不是牺牲自然求发展。芝加哥的现任市长提出，"要建设全美国最绿色的城市"。

听了纽门夫妇这番介绍，我们大家深受启发，向纽门夫妇一再感谢,不仅吃了丰盛的佳肴,而且得到深厚的精神美餐。我向他们夫妇赠送西安出的一套复制的铜古车马,他们十分喜欢,也向我们回赠了几支PARKER笔。晚宴结束后,我送他们夫妇上车,然后我们回宾馆。

密歇根湖是北美的五大湖之一,是美国最大的淡水湖。南北延伸,长五百一十六点六公里,东西宽一百九十公里,面积五万八千一百平方公里。沿岸盛产水果,气候冬暖夏凉,晚春早秋气温在摄氏0度以上。芝加哥市政、住宅、经济和社会服务中心均在湖畔,有"黄金湖岸"之称。湖畔的格兰特公园是芝加哥市区最大的中心公园。在离开芝加哥的前一天,我们去了这座公园,只见公园的一边是极具特色的高楼大厦,一边是碧波荡漾的如海大湖,园区视野开阔,布局简洁,园内有世界

在芝加哥密歇根湖边碰上一群中学生,我们高兴地在一起

最大的照明喷泉。喷泉基座用粉红色的大理石筑成，水池中央直径八十余米，夜晚灯火通明，喷泉雕塑晶莹剔透，瑰丽壮观。喷泉周围的广场和湖畔沙滩，是市民理想的休闲场地。当我们在沙滩漫步时，一群孩子跑过来同我们照相，我们请他们唱歌，他们也毫不犹豫地为我们唱了一支歌，孩子们真活泼可爱。

芝加哥还是具有光荣传统的工人运动的发源地，一八八九年，第二国际巴黎大会决议，规定五月一日为全世界工人阶级的国际劳动节。一九〇九年三月八日，芝加哥的女工为了争取自由平等举行罢工，得到美国各地妇女的热烈响应，后来，规定"三八"为国际劳动妇女节。这些著名的节日均出自芝加哥。

芝加哥也是美国中北部地区最大的文化科学艺术中心，拥有芝加哥大学、伊利诺伊州立大学、西北大学、罗斯福大学、芝加哥大学等教育机构，而且也有以科学博物馆、费尔德自然史博物馆、纽日里图书馆、东方研究所和艺术陈列馆等为代表的文化设施，每年来这里参观的人总是络绎不绝。我们只参观了艺术陈列馆，这里的展品丰富多彩，既有古代的，也有现代和当代的艺术作品，还有芝加哥"学派"的建筑艺术典型作品模型。

浪漫之岛夏威夷

中午十二点十五分，离开芝加哥机场，经过四个小时的飞行，下午四点十五分抵旧金山（当地时间两点十五分）。因为要换航班，我们都带着手提小件行李下飞机，在机场等了两个小时，于当地时间下午四点十五分，又登上美国联合航空公司的航班飞向夏威夷。在太平洋上空经历了五个小时的飞行，于当地时间七点十五分，抵夏威夷的州府所在地第三大岛瓦胡岛的火奴鲁鲁国际机场，火奴鲁鲁中国人称为檀香山，因为那里盛产檀香木。

走出机舱听到的第一句话就是"阿罗哈"，这是夏威夷人挂在嘴边的礼貌用语。我们学到的第一句话也是"阿罗哈"，并且用右手做一个"六"的手势。在夏威夷的土语里，"阿罗哈"用途广泛，是"你好、欢迎、谢谢、爱、再见"的意思。"夏威夷"这个词来自波利尼西亚语，意为"原始的家"。

夏威夷群岛是由八个大岛和一百三十多个小岛组成，这些岛屿全是由太平洋底火山喷发凝聚而形成的。在亿万年前，在深达一万多米的海底，火山不断爆发，火山喷出的岩浆，经过亿万年的积累，终于露出海面形成岛屿。几千万年来，岛上没有人居住，一直到一千多年前，位于群岛南三千多公里的另一个名为马基萨斯岛上的波利尼西亚人迁移到夏威夷群岛，岛上开始有居民。在太平洋上，还有好些个小岛，包括萨莫阿、斐济、汤加、塔希提，以及新西兰的原居民莫利人。这些岛上的居民同属波尼利西亚人种，其语言、文化、风俗习惯大同小异。在西方人到来之前，岛上居民基本上处在原始奴隶社会阶段。岛上还没有铁器。岛上人分属许多部落，部落的首脑是酋长。

千余年来，夏威夷人依靠岛上优越的自然条件，以渔猎为生，不愁吃穿。人民能歌善舞，过着自由自在的生活。据估计，西方人到来之前，岛上有居民约二十万人。一七七八年，西方人首次来到岛上，从此，改变了岛上居民的生活方式。

岛上各部落之间，也不断发生战争。约在一七八二年间，在大岛上有个名叫卡梅哈梅哈的酋长，打败了其他部落，逐步统一了各部落。建立了统一王朝，成立夏威夷王国。他自称卡梅哈梅哈一世。这时，已有上百艘英、美的商船，上千的水手经过夏威夷。有些就留下不走。一世认为，来者有好有坏。他欢迎好人留居，把不守规矩的驱逐。但是，成批的船长、水手、商人、传教士和形形色色的冒险家、野心家纷纷来到夏威夷，国王也好、酋长也好，夏威夷人已无法控制这些白人。一八一九年一世去世。二世接位，二世在一九二四年，出访英国途中染上麻疹去世。王位传到三世，在位三十年，这期间，白人逐步控制了夏威夷的政治经济大权。

首先是美国传教士充当美国控制夏威夷的先遣队。一八二〇年，第一批美国东部新英格兰地区的基督教传教士来到夏威夷。以后，美国教会陆续派了十二批传教士。一八四八年，夏威夷群岛有八十四个传教士，其中五十二名牧师，十四个教员，八个医生。外加他们的妻子和其他人员一百人。开始，他们建教堂，开办学校，没有人来。后来，他们集中向国王和酋长们传教。一八二四年，他们得到王后和一些大酋长的支持，学校里一下子增加到两千学生，教徒也增加到一千多。到一八三一年，五万多学生进传教士学校。传教士禁止夏威夷人信奉他们的原始宗教，毁掉夏威夷人供奉的石头和木刻雕像。夏威夷人最信奉火山神伯利。传教士向卡梅哈梅哈一世的未亡人传教。她被说服并接受洗礼，成为基督教徒。她对人民说："伯利不可怕，上帝是造火山的神。"从此，夏威夷人的传统宗教、文化和社会秩序开始崩溃。酋长们赖以控制人民的"禁令"取消了，旧的宗教信念破除了，夏威夷人的思想混乱，无所遵循。所以在夏威夷的一千来个白人，就能把几万个夏威夷人控制起来，为所欲为。

传教士向国王说教，要立法，要组织政府。后来，白人传教士为三世组织夏威夷王国内阁，"辅助"三世执政，实际上把权力逐渐掌握在白人手中。接着，重新分配土地，一八四七年，卡梅哈梅哈三世被迫批准"分地法令"。该法令规定：国王留一部分为国王的私有（原来夏威夷土地全部归国王所有）。其他的土地，作三部分分配：一部分归政府所有；一部分归大小酋长所有；一部分归平民所有。大小酋长得到了大批土地，并获得自由买卖的权力。因此，白人名正言顺地从他们那里买土地。同时，不少外国人，包括西方船长、大商人，传教士的后代通过同女酋长们结婚继承到大片的土地。至今，夏威夷的土地大部分属于几个白人命名的地产公司。

一八五四年，卡梅哈梅哈三世去世。王位传给四世、五世。五世没有子女。议会选酋长路那里诺为国王，一年后，这个国王去世。一八七四年，议会选卡拉卡瓦为国王，他在位十七年。这期间，夏威夷的经济、政治发展比较稳定，人民过着和平的生活。

夏威夷位于太平洋中心，是东西方船只来往必经的通道。它在军事上更具有战略地位，在瓦胡岛上的珍珠港又是少有的天然良港。英、美、法、俄和日本都曾想夺取这个群岛。英国虽然最早到夏威夷，但是，美国人派出的大批传教士深入夏威夷，为美国吞并夏威夷打下牢固的基础。早在一八七二年，夏威夷的糖业巨商就建议把珍珠港租让给美国作军事基地。美国的军舰常到珍珠港停泊。一八九八年，夏威夷并入美国为准州时，美国陆军即正式进驻瓦胡岛。一九〇三年，美国海军陆战队进驻檀香山。一九〇八年，美国议会拨款三百万美元疏浚珍珠港，一九一三年，珍珠港修建成美国海军基地。

一九五九年，夏威夷正式成为美国第五十个州。这个州虽然比较小，但是得天独厚，地处热带，气候温暖，风景如画。

群岛岛链呈新月形，自东南向西北方向延伸，长达两千四百公里，从太空俯瞰，就像漂浮在茫茫大洋上的一串翡翠项链，光彩夺目，熠熠生辉。夏威夷阳光充足，雨量丰富，空气清新，四季如春，是大自然原始之美与都市浪漫之美的完美结合。美国大作家马克·吐温说过："夏威夷是大洋中最美最美的岛屿。"

美国著名作家杰克·伦敦写过这样动人的名句："爱一个女子，需要谋其面，爱一处地方，要临其境。男女之间，相逢未必相爱，但人们对夏威夷，总是一见钟情。夏威夷专为痴情于她的男男女女所造，他们也为夏威夷的山山水水而生。人们刚一踏上这块土地，便情不自禁地拥抱夏威夷，也被她紧紧拥抱。"

我们刚出机场，就被夏威夷的美妙所吸引。在芝加哥我们是过冬天，穿着很厚的衣服和皮夹克，而到这里，却是两个天地，只要穿一件衬衣，住进宾馆还要开空调。我们住的是假日饭店，紧邻海边，叫威基基海滩，是瓦胡岛黄金海岸线上一颗耀眼的明珠。海滩面向碧波万顷的大洋，背靠高楼林立的酒店，白沙绵绵，细浪滚滚，绿树成荫，椰风摇摆生姿，海滩上的红男绿女，鲜活热烈，魅力四射，处处显出美丽快乐的境地。

在夏威夷语中，威基基是"喷涌之泉"的意思，据说，很久之前，这里泉水淙淙，海浪滔滔，是一片富饶肥沃的湿地。岸上盛产水稻和芋头，海中有捕捞不尽的鱼虾和贝类海鲜，是当地人农耕渔作的中心，也是夏威夷王室青睐的戏水游乐的领地。十九世纪末并入美国，成为州以后，这一带进行大规模旅

夏威夷威基基海滩

游建设和开发，如今成为闻名全球的度假胜地。

我们不顾一路飞行的疲惫，吃过早饭，穿着拖鞋从酒店出来，就奔向海滩。我太喜欢这个海滩了。在温和的阳光照耀下，十分迷人，就像一块细腻柔滑的白色绸缎，光彩炫目。我干脆脱了鞋，光着脚踏着细软而纯洁的白沙，望着远处的海水，由碧绿色而变成宝石蓝，层次清晰，心里无限舒坦。在白色的沙滩上，许多人躺着，享受着日光浴，他们裸露的肌肤几乎变成古铜色。沙滩上、海水边，还有嬉戏追逐的孩子，有个小姑娘将柔软的白沙盖在自己身上，像盖上一层轻轻的白沙巾。在沙滩边的榕树下有人下国际象棋，有人听着动人的音乐，也有人坐在椅子上，默默地望着大海，悠然自得。这儿可以消除一切烦恼和苦闷，沙滩、海水、榕树、椰林，构成了一幅天然和谐、可亲的画卷。

中午，我们在海滩旁的椰林里，在假日饭店搭的凉棚中吃午餐，一边尝着当地产的海鲜，一边欣赏着美丽的沙滩，椰风海韵，别有趣味。饭后，回宾馆休息片刻，我们都急忙换上游泳裤，情不自禁地又来到海滩，多么诱人的大海，我们迅速地投入蓝色的海洋。在清澈而温暖的太平洋海湾里，来回畅游，尽情享受大洋的抚摸，我变换着姿势在碧蓝的海水中荡漾，心情真是无比的舒畅。突然，从东南方的天空升起一轮七色彩虹，笼罩着整个海湾，沙滩上的人群雀跃欢呼，我们在海水中也举手鼓掌。彩虹是夏威夷时常呈现的美景之一，是祥瑞的象征，也是夏威夷人的骄傲。彩虹给人们带来祝福，带来希望。我们太高兴啦，能够幸运地看到彩虹，这是意外的惊喜。印象深刻

沐浴在威基基海滩上

而难忘的威基基海滩！

夜幕垂落，灯火辉映，沿檀香山港湾的一条"卡拉卡胡拉"大道，这是一条主要街道，也称"不夜街"，五光十色的商铺一直营业到深夜。我们住的酒店，离大道不远，晚饭后，就三五成群地来大道上漫步。餐馆、卖纪念品、土特产的商店特多，此地的夏威夷果很有名，而且制作得很好，我们每人几乎都买了。这里最大的购物中心是国际商场，除了有各式各样的百货商店外，还有餐馆、咖啡屋。橱窗中布满色彩鲜艳、富有南国情调的服装，琳琅满目的工艺品、礼品、乐器和儿童玩具等。我们边走边看，以看为主。只是在一间咖啡屋，要了一杯咖啡，边品尝咖啡边休息，并且听着旋律优美动听的夏威夷音乐，望着绽放璀璨光芒的夜空，这银花的大道更显迷人。直到深夜我们才离开。

第二天上午，我们先去钻石山。它是瓦胡岛上的一座小型死火山，距上次喷发已有十余万年。当年库克船长率探险队途经此地，从海上远远望去，山上的火山结晶在阳光下闪闪发光，好像是钻石遍地，所以得名钻石山。山不算高，只有二百多米，因位于瓦胡岛的制高点，是俯瞰瓦胡岛和威基基海滩的最佳观景点。我们下车爬上了钻石山，看到了火山口，也看了火奴鲁鲁的全景。在这里现在已经闻不到什么火山味了，只是来看看这个遗迹，但在苍翠丛林中的火山口还是挺恐怖的，只看到黑压压的一片。在大岛——火山岛，有几座火山，是几百年、几十年，甚至几年前还喷发过的。据说，那里的火山余威犹存，有时仍然能看到白烟、黑点，甚至闻到异味，心脏不好的人还容易患病。这里的火山已经沉睡了多少万年，也就没什么可怕的了，只是满足人们的好奇。

从钻石山下来，我们就去恐龙湾。它是瓦胡岛上另一处有名的漂亮海滩。它位于瓦胡岛的东南部，从高处朝下看，弯曲的海岸线就像一条巨大的趴着睡觉的恐龙，华人称之为恐龙湾，其实它与远古时期的恐龙毫无关系。海湾里有许多珊瑚礁和色彩艳丽的热带鱼群，是潜水观鱼的最佳去处。我们没有去潜水，但在海滩边也能看到，大大小小的彩色鱼儿在湛蓝清澈的海水中自由自在地漫游，这也是一种美的享受。由猫王主演的电影《蓝色夏威夷》在此取景拍摄，曾引起轰动。

附近还有火山熔岩形成的天然岩洞，可这不是一般的岩洞，它有奇特的景观。海水涌来之时，一个大浪打来，岩洞突然喷出高达几十米的水柱浪花，并发出阵阵吐呐声，十分吸引人，这真是别处看不到的奇景。

瓦胡岛另外一个奇异的地方，叫大风口。它是一个位于两山之间的隘口，海风被山体阻挡，在隘口形成强风，成为一个特殊的景观。同时这里曾经是古战场，是卡梅哈梅哈国王在公元一七九五年战胜瓦胡岛酋长的地方。当酋长节节败退到此处后，眼看大势已去，就同士兵纷纷跳下三百多米的悬崖自尽。昔日的古战场，信风劲吹的大风口，如今却成了观光景点。我们登上了悬崖边的瞭望台，放眼眺望辽阔的丘陵，深绿色的山峦和林立的高楼，远方则是深深的、湛蓝的海洋。

在瓦胡岛的大风口

　　晚上，我们去波利尼西亚文化中心观看演出。这是个文化乐园，集中展示了太平洋多个岛国的文化和风貌。这个中心，位于瓦胡岛夏威夷首府檀香山以北，还保留着土著毛利人的原生态村落，每个村落都风格迥异，有着当地最具代表性的建筑，还有民俗陈列馆和原汁原味的土风表演。

　　在丰富多彩的演出中，草裙舞和火把舞最受欢迎。草裙舞又名"呼拉舞"，是一种以扭动臀部为主要动作的土风舞。在"阿罗哈"的欢迎声中，头戴花环的少女们，上身系着五花八门的胸罩，有些胸罩是用椰子壳打磨而成，下身围着金黄色或其他色彩的草裙，脚腕上套着鲜艳的花朵和响铃，打着赤脚，在美妙的音乐伴奏下，用臀、腰、臂三个部位波浪式摇摆，翩翩起舞，草裙抖动时，发出沙沙声响，与音乐融于一体，十分动听。青年男女艺员表演，热情洋溢，配上绚丽的灯光、夏威夷的音乐，优美的舞姿，如诗的气氛，如画的情调，让人陶醉激动。

火把舞，展示出小伙子们的英武潇洒。他们都赤膊上场，手举火把，在激昂豪放的音乐声中，手舞之，足蹈之，或急或慢，或跳跃，或站立，以粗犷的舞姿赞颂火山女神。舞台灯光熄灭之后，只见橙红的火把在舞台前后左右飞舞，有时形成舞动的曲线，有时围成团团的火圈，在夜幕的衬托下，更显得精彩绝伦。尤其惊险刺激的吞火表演，更令人赞叹不已。

在夏威夷我们还去了一处令人伤痛的地方——珍珠港。它位于瓦胡岛南岸的河流入海处，由三个港湾组成，以水深浪静著称，因该水域盛产珍珠而得名。第二次世界大战中因日军偷袭而闻名于世。一九四一年十二月七日凌晨（当地时间），一支由六艘航空母舰、两艘战列舰、三艘巡洋舰和数艘驱逐舰、供给船组成的日本海军特遣舰队，偷偷地驶到夏威夷群岛附近，派出大批飞机，通过大风口向珍珠港美国海军基地发动空中突然袭击，经过两个多小时的轮番轰炸和海上攻击，平静的港湾内硝烟四起，火光冲天，击沉、炸毁、击伤美军各类战舰船只四十余艘，击毁美国飞机二百六十五架。美军遭受重创，官兵伤亡人数达四千一百多人，珍珠港内外一片狼藉，美国海军太平洋舰队几乎全军覆没。其中服役二十六年的"亚利桑那"号战列舰裂成数段，在不到十分钟里迅速沉没，舰上一千一百七十七名官兵全部罹难。史称"珍珠港事件"。遭此袭击，美国全国上下同仇敌忾，罗斯福总统对日宣战，太平洋战争爆发。

为了纪念死难的海军将士，一九六二年，肯尼迪总统宣布把"亚利桑那"号战列舰沉没的海域列为国家陵园，并于一九八〇年在这里修建了"亚利桑那纪念馆"。纪念馆由陆海两部分组成，陆上是辅助性设施，有游客中心、陈列室、纪念书店和电影院，海上的长方形建筑是纪念馆的主建筑。这个建筑通体白色，外形像一个巨大的拱形棺木，建筑的两端翘起，中间凹下，显得肃穆、凝重、庄严。纪念馆全长约六十米，为钢筋混凝土结构，借助海底的填充物，架设在已沉睡在十二米海底多年的"亚利桑那"号残骸之上。海上的入口处是一个活动的浮台，我们从岸上坐艇约五分钟，即到入口的浮台，然后

"珍珠港事件"中"亚利桑那"号战列舰沉没的海域建设的国家陵园

进入纪念馆的凭吊大厅，室内没有任何装饰，白色大理石墙面上，一排排整齐的镌刻着"亚利桑那"号战列舰阵亡将士的姓名、籍贯和生前职务。纪念堂的两侧各开八个"舷窗"，"窗"上没有玻璃，窗棂是直通达顶的石柱。纪念馆中部，美国国旗在旗杆上高高飘扬，旗杆下端，就是"亚利桑那"号战列舰的主桅杆。纪念堂中央留出了一块"方井"，下面是哗哗作响的海水和已长满海藻的"亚利桑那"号若隐若现的残骸。从石窗探头向海水里望，还可看到战列舰锈迹斑驳的烟囱和依稀可辨的舰壳。

回到岸上，我们到陈列馆看了打捞上来的战争遗物，还看了一场记叙当年战况的二十分钟短片。虽然二次大战已经过去了那么多年，但是看了这一切，仍然使人感慨万千。和平、正义是人类永恒的祈望。

离开了浪漫之岛夏威夷，先乘机赴东京机场，然后转机回到北京，结束了第三次访美之行。